KB056898

# Midnight Diary

몽중일기

# Portugal

포르투갈

# Prologue

—

—

—

잠이 많지 않습니다. 가족들의 기억에 따르면 어려서부터 쭉 그래왔던 모양이에요. 차만 타면 잠이 드는 여느 어린이들과 다르게, 저는 장거리 이동을 하는 와중에도 눈을 말똥말똥 뜨고 있었다고 합니다. 아마 모르긴 몰라도 평생을 이렇게 잠 없이 살아왔을 겁니다.

이유는 알 수 없어요. 그저 예민해서 그런가 보다 하고 짐작만 할 뿐. 저 혼자만의 생각이라면 그다지 신뢰가 가지 않을 수도 있지만, 저와 결혼하겠다는 아내에게 반품이 불가함부터 고지하셨던 현명한 어머니의 짐작인 만큼 틀림없이 그럴 겁니다. 스스로의 예민한 감각 때문에 도통 잠을 이루지 못하는 걸 거예요.

덕분에 이 불면증은 집 밖에 나가면 더욱 심해집니다. 신나게 놀고 나서도 친구 집에선 도저히 잠이 오지 않아 밤을 꼴딱 새우기 일쑤였고, 심지어 아름다운 이성이 옆에 누워있을 때도 어서 빨리 아침이 밝아오기만을 기다렸을 정도죠. 내 방의 내 침대에서도 잠이 들까 말까 한데 남의 집, 남의 침대라니.

  그래서 제게 여행은 불면으로의 여정과 같습니다. 열몇 시간씩 되는 비행시간과 시차 적응, 낯선 온도와 습도, 어색한 침구까지. 하루 종일 걷고 나면 피곤해서 쓰러져 잠들 법도 한데 어림없어요. 그것들은 일종의 각성제처럼 제 몸에서 잠을 쫓아내 버립니다. 그럼에도 여행을 좋아하는 제 자신이 신기할 따름이죠.

  다행인 것은, 제 주변에 현명한 이가 어머니뿐만이 아니라는 것이에요. 함께 간 여행 중 제가 잠 못 이루자, 아내는 스트레스를 받는 대신 적절한 처방을 내립니다. 억지로 자려고 애쓰지 말고 차라리 하고 싶은 걸 하라고 말이에요. 그때부터 저는 곤히 잠든 아내의 곁에서 책을 읽거나, 글을 쓰고 있어요.

어려서 외할머니와 함께 새벽 산보를 다니던 기억이 납니다. 당신께서 여러 손주들 중 콕 집어 저만 데리고 나가셨던 건 다름 아닌 제가 아침잠이 없다는 걸 알고 계셨기 때문이었죠. 저는 그렇게 당신 곁에서 많은 것들을 보고 들을 수 있었습니다. 책 몇 권 읽는다고 배울 수 없는 삶의 지혜들을. 그러고 보면 우리가 가진 핸디캡은 느끼기에 따라 축복인지도 모릅니다. 그저 마음가짐에 달려있을 뿐이죠.

이 책은 제가 포르투갈 여행 중 잠을 자는 대신 썼던 일기들을 모은 것입니다. 남들은 다 잠자리에 들었을 캄캄한 밤, 곤히 잠든 아내의 곁에 앉아 잠과 바꾼 결과물이죠. 잠결에 쓴 일기들이 얼마만큼의 가치가 있는지는 저 역시 알 도리가 없지만, 이 한 마디는 꼭 하고 싶네요. 우리를 힘들게 하는 무엇인가가 있다면, 아마도 그것은 새로운 기회일지도 모른다고.

# Contents

—

—

—

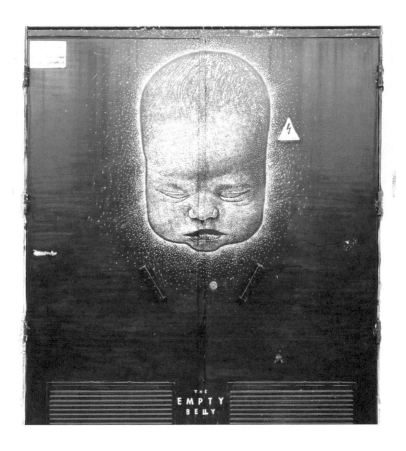

# 지갑

—

—

—

나는 여간해서는 물건을 잃어버리지 않는다. 무엇이든 지니고 나가면 고스란히 가지고 돌아오는 고집이 남들 보기 미련할 정도이다. 심지어 우산조차도 잃어버린 기억이 거의 없다. 비가 갠 뒤에도 집요하리만큼 우산을 잊지 않고 챙기는 사람, 내가 바로 그런 부류이다.

작년 가을, 빗속에 술을 쏟아붓고 지갑을 잃어버린 일이 있었다. 나는 그 일로 한 달여를 끙끙 앓았다. 아내가 선물해 준 지갑이었다. 하지만 아내는 내게 아무런 추궁도 하지 않았다. 평소 만취를 해도 손에 쥔 쪽지 한 장까지 고이 챙겨 오는 사람이란 걸 알기에, 그저 우연한 일로 생각해 준 모양이었다. 그 정도로 내가 뭔가를 잃어버린다는 건 낯선 일이다.

먼저 유럽을 다녀온 이들이 입을 모아 소매치기를 조심하라

당부했었다. 애써 그이들이 말해주지 않았어도 이미 흔히 들어왔던 주의사항이었기에, 나는 여행에 앞서 조금 더 단단히 대비를 했다. 우선 짐부터 최소화했을뿐더러, 고가품은 애초에 몸에 지니지 않았고, 아내가 질색을 하는데도 고집스럽게 지갑과 핸드폰을 바지 앞주머니에 넣고 다녔다. 촌스러워도 어쩔 수 없다. 애초에 나는 그런 부류의 사람이니까.

물론 내가 물건을 잃어버리지 않는 건 대비보다는 감각기관의 예민함 덕이 크다. 주변 기류에 미세한 변화라도 생기면 나는 레이더 사령부가 미확인 비행물체를 발견하고 공습경보를 울릴 때처럼 팽팽한 긴장감을 느낀다. 결국 나는 이번 여행 중에도 영수증 한 장 잃어버리지 않았다. 나는 소매치기가 가장 싫어하는 부류의 사람이다. 아마 내가 소매치기를 싫어하는 것보다, 소매치기가 날 싫어하는 마음이 더 클 것이다.

엄마는 그날 지갑을 잃어버렸다. 갓난 나를 안고 서울로 가는 기차 안에서였다. 평생을 서울과 인천에서만 살았던 엄마는 부산에 신혼살림을 차렸다. 남편의 직장 발령 때문이었을 뿐, 그녀의 의지와는 상관없는 일이었다. 그래서 엄마는 그날 그 기차를 타고 있었고, 지갑을 잃어버렸다. 가방 안에는 천 기저귀와 유아 용품들이 가득했다. 품에 안은 아들은 아직 걷지도, 말을 알아듣거나 하지도 못했다. 그저 옹알옹알, 울고 보채지만 않아도 다행인 일이었다.

엄마는 양손 가득 짐을 들고, 또 아들을 안고 그 수많은 역들을 지나야 했다. 이제는 우리가 역명을 확인할 새도 없이 고속

열차의 차창 밖으로 스쳐 지나는 그 역들이 아직 제 역할을 하고 있던 때였다. 대구에서는 기차도 갈아타야 했다. 그렇게 그녀는 몇 번을 참아냈지만 결국은 화장실에 다녀올 수밖에 없었다. 잠든 아기와 무거운 짐들은 잠시 옆 좌석의 중년 여성에게 부탁을 해둔 채. 화장실에 다녀온 엄마는 지갑이 없어졌다는 걸 알아차렸다. 혹시 무슨 일이 있었던 건 아닌지 옆 좌석 여자에게 물어보려 했으나 여자는 종착역에 도착할 때까지 눈을 뜨지 않았다. 몇 번이나 불러보고, 깨워도 봤지만 그녀는 끝끝내 눈을 뜨지 않았다.

신용카드가 없던 시절이었다. 서울역에 내린 엄마는 돈도, 신분증도 없었다. 천 기저귀와 갓난 아들만 있었다. 익숙했을 서울이 그날만큼은 이역만리 유럽 땅만큼이나 낯설었을 것이다. 나는 알지 못한다. 그때 내가 잠이 들어 있었는지, 젖을 달라 칭얼대고 있었는지 내게는 기억이 없다. 엄마는 그날 지갑을 잃어버리게 될 줄 몰랐다. 그리고 품 안 아기를 홀로 키우게 될 줄도 몰랐다. 그 모든 게 엄마에게도 낯선 일이었다.

# 공작새

—

—

—

난간에 공작새가 앉아 있었다. 매달려 있다는 표현이 맞는 건 아닌지 다시 한번 고민해 봤지만, 매달려 있다는 말은 그 우아함과는 거리가 멀었다. 그이는 오므린 꼬리를 대리석 바닥까지 길게 늘어뜨리고, 부푼 가슴은 정원으로 향한 채 그 위에서 모든 것을 내려다보고 있었다. 누군가 꽤 가까운 거리까지 다가가 사진을 찍었지만 그이는 미동조차 하지 않았다. 하지만 애써 확인하지 않고도 그이가 거기 있다는 걸 알 수 있었다.

볕이 잘 드는 정원이었다. 크다 할 순 없지만, 작지도 않았다. 대리석으로 된 벽을 포도넝쿨이 감아 오르고 있었고, 쇠로 된 테이블과 의자는 적당히 낡고 녹슬어 있었다. 오랜 시간 동안 공들여 가꿔왔다는 걸 적당한 길이의 수풀만 보고도 알 수 있었다. 바람이 불자 수관이 풍성한 목련나무에 연보랏빛 물결이 일었다. 깃을 세운 수탉과 둔부 풍만한 암탉들이 바스락거리는 자갈 위를 익숙한 듯 가로질렀다. 아내와 나는 입구를 막고 선 녀석들을 손을 내저어 쫓아버리고 건물 안으로 들어섰다. 와이너리 투어는 이제 시음만이 남아 있었다.

큰 돌들을 쌓아 올린 서늘한 외관과 달리 건물 안에는 따스한 기운이 감돌았다. 오크나무로 마감을 한 인테리어가 제 몫을 다하고 있었고, 정원에 볕을 가로막는 게 없어 채광이 좋은 탓도 있었다. 홀로 온 중년 남자는 끝까지 선글라스를 벗지 않았다. 웨이트리스가 일행이 있는지 물었지만, 그는 정말로 혼자였다. 웨이트리스가 그의 잔에 와인을 채워주었다. 잔의 립이 햇살을 받아 반짝거렸다. 다른 웨이터가 다가와 우리를 그의 옆자리로 안내했다.

웨이터에겐 이제 검은 머리가 남아 있지 않았다. 잘생긴 와인 잔처럼 단정한 노인이었다. 칼같이 다려 입은 정장 때문이기도 했지만, 그것만으로는 그를 표현하기 부족했다. 공작새가 매달려있지 않은 것처럼, 그도 그랬다. 단정히 빗은 숱 많은 머리나 수학공식처럼 오차 없이 잡은 타이의 딤플도 그를 보여주는 극히 일부에 지나지 않았다. 그는 우리에게 '칩 드라이'와 '빈티지 포트'를 각각 한 잔씩 따라주었다. 홀의 테이블은 오크 통을 잘라 만든 탓에 높고 폭이 좁았음에도, 그는 욕조에 물을 받는 것처럼 담담하고 손쉽게 와인을 따라주었다. 나는 아내의 몫까지 총 4잔의 와인을 마셔야 했기에 안주로 '생햄 플레이트'를 주문해 기어코 테이블을 가득 채워버렸다.

'칩 드라이'는 디저트로 흔히 마시는 '아이스 바인'보다 깔끔하고 담백했다. 한치의 부담도 주지 않는 맛이었다. 저녁식사 뒤에 굳이 술을 마셔야 하냐는 이들에게 선보이고 싶은 맛이었다. 이 와인을 맛보고도 디저트로는 커피와 케이크만이 옳다는 이가 있다면, 우리가 서로에 대해 알 길은 없을 것이다. 그와 나는 결이 다른 것이다. '빈티지 포트'는 타이의 폭넓은 딤플을 떠올리게 했는데, 애써 그 모습을 상상할 필요는 없었다. 조금 전 와인을 따라준 웨이터, 그 노인의 붉은 타이가 꼭 그랬기 때문이었다.

웨이터는 키가 작았지만 허리를 올곧게 세우고, 가슴을 넓게 편 그를 찾는 것은 그리 어려운 일이 아니었다. 그가 멀리 정원에 자리 잡은 고객들을 응대할 때에도 그가 그곳에 있다는 걸 알 수 있었다. 그는 폭넓고 안정감 있는 걸음걸이로 홀과 정원을 오갔다. 미소 짓는 그의 입가에 팔자주름이 깊게 패어있었다. 우린 멀리서도 그를 볼 수 있었다. 공작새가 난간에 앉아 있었다.

# 심야 버스

—

—

—

발권기는 고장이 나 있었다. 요금을 기사에게 직접 지불할 요량으로 현금을 찾는데, 우리 뒤에 줄을 섰던 일본인 여성 둘이 상황을 이해하지 못하고 발권기를 붙들고 늘어졌다. 나는 돌아가 여러 표현들을 동원해 가며 기계가 고장 났음을 알렸지만, 그녀들이 딱히 알아듣는 것 같지 않았다. 결국 난 버스에 타서 결재를 하라는 짧은 말만 남기고 돌아설 수밖에 없었다. 물론 그 역시 알아들은 눈치가 아니었지만, 버스를 타기 위해선 줄을 서야 한다는 낌새 정도는 알아챈 모양이었다.

바람이 불자 정류장에 서 있던 이들이 하나같이 몸을 웅크렸다. 우리는 한참 동안 서로의 눈치만 살피고 있었다. 밤 열 시 반이었다. 밤바람은 찼고, 아내는 춥다고 했다. 더 이상 도착할 비행기가 있을 것 같지 않았다. 머리를 길게 땋은 아프리카계 여성이 진줏빛 블루종을 여미며 대열에서 벗어났다. 그녀가 멀어져 갈수록 남은 이들의 눈이 더욱 바빠졌다.

우버를 부르려는 찰나에 버스가 도착했다. 차내에 형광등을 가득 밝힌 흰색 버스였다. '우피 골드버그'를 닮은 기사가 승객들에게 일일이 행선지를 물었다. 아내와 난 '호시우'라고 답하며 버스에 올라탔다. 뒤따른 일본인 여성 둘 역시 '호시우'라고 답했다. 간간이 프랑스인 가족들의 웃음소리가 들려왔지만, 버스 안은 대체로 조용했다. 코너를 돌 때 두 일본 여성의 캐리어들이 버스 안을 굴러다녀 잠시 소란이 일었을 뿐이었다. 아내와 나는 머리를 맞댄 채 차창 너머의 인적 드문 거리를 내다보았다. 어둠이 내린 창밖도 불을 밝힌 버스 안과 다름없이 조용했다.

도로의 포장재가 아스팔트에서 돌로 바뀌었다. 아무도 말을 하진 않았지만, 리스본 시가지 안으로 들어왔다는 걸 알 수 있었다. 기사가 승객들의 행선지를 일일이 기억해 버스를 세웠다. 안내방송도, 차임벨도 없었지만, 정류장을 놓치는 이는 없었다. 기사는 숙련된 사서가 도서관을 누비듯 도심 속 낡은 건물들 사이사이로 버스를 몰았다. 버스가 정류장에 섰다. 기사가 목소리를 높여 '코르메시우'에 도착했음을 알렸다. 일본인 여성 둘이 캐리어를 끌고 내렸다. 버스는 다음 행선지를 향해 나아갔다.

# 버스킹

—

—

—

거리에는 많은 이들이 버스킹을 하고 있었다. '몇몇'이나 '여러'라는 표현은 알맞지 않을 만큼 그 수가 많았다. 기타를 치는 이부터, 바이올린을 켜거나, 클라리넷을 부는 이도 있었고, 인형극을 하는 이도 있었다. 잘 보이는 곳에 동전을 던져 넣을 수 있도록 모자나 가방 등을 열어 두고서 말이다. 가끔씩 그 안엔 지폐가 들어있을 때도 있었다.

누군가는 많은 관객들을 끌어모았다. 그리고 그렇지 못한 이들 역시 있었다. 거리에 가득한 사람들 모두가 관객은 아니었다. 자리를 잡고 공연을 지켜보는 이들도 많았지만, 그저 힐끗 눈길만 줄 뿐 관심이 없는 이들 또한 많았다. 개중에는 기분이 좋아 춤까지 추는 이들도 있었지만 그런 일이 흔한 경우는 아니었다. 버스커들은 각자 다른 상황 속에서 나름의 공연을 이어나갔다. 언제 누구에게 관객들이 몰려들지는 아무도 모를 일이었다. 봄을 맞은 하늘은 더없이 파랬고, 하루가 저물기까진 아직 많은 시간이 남아있었다.

우리는 '알마스 성당'에서 한 블록을 내려와 모자 가판대를 구경하고 있었다. 작지 않은 가판대에, 적지 않은 모자들이 진열되어 있었다. 아프리카 계 여자가 모자를 팔고 있었다. 말이 많지 않았지만 세심하고, 미소가 박하지 않은 여자였다. 덕분에 나는 여러 개의 모자들을 써볼 수 있었다. 가판대를 구경하는 이는 아내와 내가 전부였지만, 거리는 사람들이 만들어낸 소음들로 가득 차 있었다. 그리고 어디선가 '프랭크 시나트라'의 '마이웨이'가 들려왔다.

노인은 한구석에서 마술을 선보이고 있었다. 우리가 서 있는 가판대에서 멀지 않은 곳이라 금세 그를 찾을 수 있었다. 그는 달랑 작은 스피커 한 대를 켜놓은 채, 세련되지 않은 동작들로 관객들을 불러 모으고 있었다. 잿빛 헌팅캡과 빛이 바랜 갈색 양모 가죽 재킷이 그의 동작을 더욱 굼떠 보이게 했다. 틀어놓은 음악이 아니었다면 어두운색 옷을 입고, 키까지 작은 그가 사람들 사이에서 쉽게 눈에 띄지는 않았을 것이다. 나는 그의 쇼를 보기 위해 지나는 사람들 사이로 고개를 바삐 움직여야 했다.

노인은 얄궂은 밧줄로 여러 동작들을 선보였다. 손이 빠르거나 동작이 유연하진 않았지만, 비밀을 들키는 일은 결코 없었다. 그렇다고 능숙한 것 또한 아니어서, 자신의 밧줄에서 눈을 뗄 수 없었던 노인은 관객들의 반응을 볼 수 없었다. 그는 그저 숙제를 하듯 해야 할 동작들을 하나씩 해나갔다. 그의 손에서 밧줄은 매듭지어졌고, 끊어졌다가 다시 이어졌다. 밧줄이 무사한 것을 보고 두세 명의 구경꾼들이 박수를 보냈는데, 노인의 작은 스피커가 내는 소리만큼이나 매가리가 없었다. 노인은 별다른 반응을 보이지 않고 다음 동작을 이어갔다. 스피커 속 '시나트라' 역시 묵묵히 그를 따랐다.

'마이웨이'가 완주되자 노인은 곧장 스피커를 껐다. 그러고는 그것을 가방에 집어넣었고, 밧줄도 그렇게 했다. 마치 고도의 훈련을 거친 비밀 요원이 상부의 지침이라도 따르듯 망설임이 없었다. 애써 그곳에 자리를 만든 게 무색할 만큼 짧은 쇼였다. 미처 대비하지 못하고 어정쩡한 자세로 자리를 지키고 있던 몇 안 되는 구경꾼들이 쇼만큼이나 짧은 박수를 보냈다. 노인은 가볍게 모자를 벗어 보였다. 그리고 마치 아무 일도 없었던 것처럼 구경꾼들이 흩어졌다. 그중 한 사람이 남아 정리를 마친 노인에게 다가섰다. 그 역시 진즉에 머리가 하얗게 센 남자였는데, 노인과 다른 게 있다면 키가 무척 컸다. 그가 곁에 서자 노인이 더욱 땅딸막해 보였다. 두 노인은 볼을 맞댔다. 그렇게 인사를 나눈 뒤 그들은 한참 동안 서로의 어깨를 부여잡고 안부를 물었다.

아내와 나는 모자 값을 치르고, 다시 거리를 걸었다. 봄이 온 거리에는 활력이 넘쳤다. 여전히 사람들로 가득했고, 많은 이들이 곳곳에서 버스킹을 하고 있었다. 아직 하루가 저물기까지는 많은 시간이 남아있었다.

# 컨버스화

—

—

하루 종일 걷다 보니 발이 쉽게 부었다. 더군다나 이곳의 도시들은 높고 가파른 언덕을 몇 개씩은 끼고 있다. 볼 좁은 하이톱 컨버스화가 그리 도움이 될 만한 환경은 아닌 셈이다. 언덕을 오르내릴 때마다 발이 신발 앞 쪽으로 쏠려 엄지발가락과 새끼발가락에서 통증이 느껴졌다. 그렇다고 평지에서의 상황이 이보다 크게 나은 형편도 아니어서, 아스팔트 대신 돌을 깔아 만든 이곳의 길을 걸을 때마다 나는 한국의 공원에서 쉽게 볼 수 있는 발 지압용 자갈들을 떠올렸다. 차라리 안마라 생각하는 편이 나았다. 숙소로 돌아와 신발을 벗고 보니 양쪽 새끼발가락에 물집이 잡혀 있었다. 물집이 터지지 않도록 조심스레 신발과 양말을 벗고, 따뜻한 물로 공을 들여 샤워를 했다. 물집에는 찬물이 좀 더 도움이 됐을 테지만, 나는 몽우리 졌던 피로들을 씻

어내고 싶었다. 그렇게 한참을 따뜻한 물을 맞으며 서 있었다.

  침대 밑에 벗어둔 컨버스화는 그새 거뭇거뭇 때가 타 있었다. 발목에 빙 둘러맸던 긴 신발 끈이 힘없이 늘어져 있었다. 내가 하이톱 컨버스화를 가지게 된 건 이번이 두 번째다. 이번에는 여행 전 날 부랴부랴 백화점에 들려 직접 산 것이지만, 지난번에는 선물을 받았더랬다. 그때 난 20대 초반의 나이였고, 선물을 해준 이는 이제 막 성인이 된 여자애였다. 그녀는 성인이 되기 전부터 이미 날 좋아했었다. 나도 그녀를 귀여워하긴 했으나 마음을 주진 않았고, 그녀도 그걸 알았지만 나를 만났다. 그래서인지 그녀는 내게 자주 선물을 했다. 레이어드 카디건이나 징이 박힌 맨투맨 티, 자잘하게는 이어폰 같은 것도 있었다. 컨버스화도 그중 하나였다.

  발목 부분에 농구공이 크게 박혀있는 흰색 컨버스화였는데, 브랜드나 가격 같은 건 물었던 적이 없어 기억에 없다. 다만 나는 그녀의 바람대로 할 수 있는 한 최대한 건성으로 선물을 받았다. 그런 반응을 보이면 그녀가 좋아한다는 걸 알고 있었다. 애쓴 포장을 내가 갈기갈기 찢어버릴 때마다 그녀는 아이처럼 재밌어했다. 그렇다고 고맙다는 말까지 생략했던 건 아니다. 내게도 그 정도 염치는 있다. 하지만 그녀는 되려 나의 고맙다는 말을 두려워했었다. 귀에 수없이 많은 피어싱을 했고, 입술 밑까지 뚫어버렸을 정도로 겁이 없는 친구였지만, 정말로 그랬다. 나는 그 두려움의 대상이 무엇인지도 어느 정도는 짐작하고 있었다.

나는 그 컨버스화를 주로 검은색 정장 아래 신고 다녔다. 아니면 역시 그녀에게 선물 받은 징 박힌 빨간 슬랙스에 맞춰 신을 때도 있었다. 해골이 그려진 티셔츠 위에 꽃무늬 실크 셔츠를 입고 다니던 시절이다. 머리까지 빡빡 머리여서 사람들은 나를 외국인, 심지어 골방에서 대마초 깨나 피며 피어싱이나 타투로 돈을 버는 부류쯤으로 착각하곤 했었다. 그녀는 그런 내 모습을 티가 나도록 좋아했다. 하지만 나는 대마초를 피지도, 피어싱이나 타투로 돈을 벌지도 않았고, 그녀를 귀여워만 할 뿐 그게 전부였다. 그녀가 내게서 받아 간 것은 내게 준 선물만큼이나 많은 상처들뿐이었다.

　나는 두려울 때가 있다. 내가 누군가에게 상처만을 주는 존재는 아닐까 생각한다. 내가 원하는 건 그게 아니다. 하지만 마음과 다르게 흘러가는 것들이 나를 괴물로 만든다. 나는 그게 슬프고, 두렵고, 외롭다. 결국 새끼발가락의 물집이 터졌다. 나는 누군가에게 작은 물집만큼의 상처도 주고 싶지 않다. 차라리 내 새끼발가락의 물집이 터져서 다행이다.

# 새끼 고양이

—

—

—

테라스에 서면 숙소 뒤편에 있는 낡은 단층 건물의 지붕이 내려다보였다. 흔히 볼 수 있는 빛바랜 파란색 패널 지붕이었다. 곳곳에 녹이 슬어 있었지만 비를 막거나 해를 가리는 데에는 그리 문제가 되어 보이지 않았다. 지붕의 덕을 보고 있는 건 건물 안의 사람만이 아니어서, 종종 그 위에 앉아 볕을 쬐는 덩치 큰 갈매기들도 볼 수 있었다. 내가 새끼 고양이들을 발견한 건 채 해도 다 뜨지 않은 아침이었다. 테라스엔 아직 새벽의 한기가 남아있었지만, 창밖은 이미 훤히 밝아와 검버섯처럼 핀 지붕 위의 녹 자국들이 쉽게 눈에 띄었다. 건물 사이를 비집고 든 아침 햇살이 그 녹 자국들 위로 얇고 긴 주황빛 선을 만들어냈다. 조금 뒤면 그 선은 넓은 면이 되어 밤새 식었을 패널을 다시 데워놓을 것이었다.

테라스에서 보이는 전망은 크게 특별할 것이 없었다. 이따금 씩 심어져 있는 오렌지 나무나 레몬 나무가 그나마 볼만한 것들이었다. 그래서인지 아직 솜뭉치 크기밖에 안 되는 녀석들이 쉽게 눈에 들어왔다. 새끼 고양이들이 지붕 위에서 소리 없이 뛰놀고 있었다. 처음엔 두 마리뿐이었지만, 곧 다른 두 마리가 레몬 나무를 타고 지붕 위로 올라섰기 때문에 그들은 네 마리가 되었다. 녀석들이 한 배에서 나왔다는 건 너무나도 자명해 창가로 불러낸 아내에게 굳이 설명할 필요도 없었다. 녀석들만 봐서는 어미조차도 그 각각의 형제들을 완벽히 구별해 낼 수 있을 것 같지 않았다. 찍어낸 듯 꼭 같은 무늬를 가진 것은 물론이고, 의좋게도 누구 하나 한 뼘 더 자라거나, 얼룩 한 조각 더 찍어 바른 녀석이 없었다.

어느샌가 새끼 고양이들이 지붕 한쪽 그트머리로 얌전히 모여들었다. 나는 녀석들의 시선을 좇아 잇댄 건물 4층 창가에서 빨래를 널고 있는 할머니를 발견할 수 있었다. 그녀는 아래로 시선 한 번 주지 않았지만, 녀석들의 태평하고 당연한 본새만 보고도 무슨 일이 벌어질지 예상할 수 있었다. 나는 녀석들과 한마음으로 어서 그녀가 빨래를 마저 널고 먹이를 던져주길 기다렸다. 하지만 남은 빨래는 여전히 산더미처럼 쌓여있었다. 그것들을 다 널고 나면 해가 진다 해도 할 말이 없어 보였다. 나도 늦게 일어난 편은 아니었으나, 할머니는 지독히도 잠이 없는 모양이었다. 그럼에도 녀석들은 집중력을 잃지 않고 고개를 까딱이며 그녀의 동작 하나하나를 빠짐없이 지켜봤다.

나는 방안으로 들어와 아내가 골라준 옷을 입고, 그녀가 화장을 하는 사이 버릇처럼 냉장고를 뒤졌다. 마트에서 산 절인 올리브와 시장에서 산 수제 치즈가 다라는 걸 알고 있으면서도, 나는 자석처럼 냉장고에 들러붙었다. 결국 물 한 모금 마시고 다시 테라스로 나가봤을 땐 이미 할머니가 사라진 뒤였다. 창가에는 그녀의 것일 리 없는 품이 큰 와이셔츠가 바람에 흐느적거리고 있었다. 예상대로 네 마리의 새끼 고양이들은 먹이를 먹고 있었다. 녀석들은 분주히 서로를 타고 넘어 다니며 흩어진 먹이를 찾아댔다. 발이 가벼워 보였다. 실제로 패널 지붕에서는 작은 소리 하나 나지 않았다. 나는 녀석들이 볕 잘 드는 곳을 찾아 몸을 포개고 누울 때까지 눈을 떼지 않고 지켜봤다. 아직 갈매기들은 보이지 않았다. 덥혀진 지붕은 온전히 새끼 고양이들의 차지였다. 파란 패널 지붕이 어느덧 주황빛으로 물들어 있었다.

# 트 램

ㅡ

ㅡ

ㅡ

    아내와 나는 트램 한 대를 그냥 보내기로 했다. 우리가 정류장에 도착했을 때는 트램이 이미 다른 승객들로 가득 차버린 뒤였다. 트램에도 엘리베이터처럼 '정원'이 있었다면 진즉부터 경고음이 울려 대, 낯 두껍지 못한 승객 몇몇은 머리를 긁적이며 내려야 했을 것이다. 우리는 트램의 한계를 시험하는 대신 젤라또를 먹으며 다음 차를 기다리기로 했다. 젤라또를 파는 가게는 정류장에서 그리 멀지 않은 곳에 있어, 트램을 기다리기에도 안성맞춤이었다.

    가게는 멀리서 볼 때와 다르게 규모가 제법 컸다. 가게 앞에는 작은 공터도 있어 열 개 정도의 야외 테이블이 준비되어 있었고, 사람들은 거기에 앉아 맥주를 곁들여 피자나 파스타를 먹었다. 오히려 야외 테이블이 실내 좌석보다도 인기가 좋은 모양이었다. 그걸 노린 것일까. 한 중년 여성이 공터 한편에서 버스킹을 준비하고 있었다. 세어보진 않았지만, 적어도 스무 명쯤은 관객이 보장된 셈이었다. 아내와 나는 그저 젤라또를 사러 간 것이었기 때문에, 버스킹이 시작되길 기다리지 않고 가게 안으로 들어갔다.

가게 안은 밖과 달리 별다른 특이점이 없었다. 그저 벽이 하얗고, 심심한 디자인의 테이블과 의자들 역시 흰색이라는 점이 눈에 띄었다. 그곳에서 생기가 넘치는 건 맥주잔과 파스타 볼을 들고 바삐 움직이는 직원들뿐이었다. 주방 안쪽도 훤히 들여다보여 덩치 좋은 요리사들이 화덕에 피자를 굽는 모습을 엿볼 수 있었다. 굵은 팔뚝에 많은 타투를 한 남자 직원이 다가와 우리를 젤라또 진열장으로 안내해 줬다. 하지만 젤라또를 퍼준 건 눈가에 힘이 없는 여자 직원이었고, 아내는 그녀의 추천에 따라 '포르투갈의 맛'이라는 캐러멜 향의 젤라또를 골랐다. 나는 상큼한 것이 먹고 싶었기 때문에 라임 맛을 택했다. 아내의 젤라또는 향만큼이나 맛도 달아서, 단 맛에 입이 익숙해진 아내는 내 젤라또를 맛볼 때마다 부르르 몸을 떨었다.

마침 젤라또를 다 먹을 때쯤 다음 트램이 도착했다. 아내와 나는 미리 정류장에 나와 있었기 때문에 줄을 서지 않고 바로 올라탈 수 있었다. 덕분에 우린 좌석을 골라 앉을 수 있었고, '도오루' 강에 면한 창가 좌석을 택해 앞뒤로 붙어 앉았다. 나는 아내를 보기 위해 자주 뒤를 돌아보았다. 우리에 이어 몇 무리의 프랑스인들이 트램에 올라탔다. 그중에는 손주들을 데리고 여행을 온 노부부도 있었다. 큰 아이는 할아버지를 닮아 웃을 때마다 앞니 두 개가 도드라졌다. 캐러멜색으로 탄 피부가 그 아이의 활력을 드러내주었다. 작은 아이는 나와 눈이 마주칠 때마다 몸을 배배 꼬았다. 할머니의 다리 사이로 몸을 숨길 수 있을 만큼 작은 아이였다. 아직 아기태를 다 벗지 못해 배시시 웃기만 할 뿐이였지만, 조금 더 자라면 언니만큼 생기가 넘칠 것이 틀림없었다. 두 아이 모두 각자 자신의 물통이 든 배낭을 메고 있었는데, 아직 체구가 작아 어깨 끈이 자꾸만 흘러내렸다. 그럴 때마다 할머니는 머리만 쓰다듬어 줄 뿐, 그건 어디까지나 자매의 몫이었다.

트램은 여전히 정류장에 발이 묶여 있었다. 갑자기 긴 꼬리가 와 붙었기 때문으로, 이태리에서 온 것으로 보이는 십 대 학생들이 그 주인공이었다. 수학여행이라도 되는지 인솔교사가 있었고, 그녀가 먼저 올라타 기사와 한참 동안 입씨름을 했다. 그렇다고 기사가 짜증을 낸 건 아니었고, 그저 길 건너에서 이층 버스를 타면 더 싸게 갈 수 있다고 알려주려 애썼다. 하지만 교사는 학생들이 트램을 경험하길 바랐고, 곧 스무 명 가까운 학생들이 차례차례 올라탔다. 한 명, 한 명 일일이 티켓을 끊어줘야 했지만, 마지막 한 명이 올라탈 때까지도 기사는 군소리 한 번 내지 않았다. 나는 그 일련의 과정들이 잘 보이는 자리에 앉아 있었던 덕에 지루하지 않게 출발을 기다릴 수 있었다.

여학생들은 하나같이 짙은 색의 립스틱을 바르고 있었다. 선글라스나 찢어진 청바지 정도까지는 나 역시 상상할 수 있었던 범위 내의 차림새였지만, 뱀피 무늬 토시나 호피무늬 백 등을 두른 애들도 있었다. 그들의 행동은 옷차림만큼이나 거침없었고, 인솔교사는 걸스카우트 조교처럼 그 아이들을 통제했다. 러시아워에 보잉 선글라스를 끼고 교차로 중앙에 서서 교통정리를 하는 순경의 모습이 아마 그럴 것이다. 그에 반해 남학생들은 약속이라도 한 듯 고작 후드 티나 폴로 티 따위를 걸치고 있었다. 그들은 교무실을 기웃거리는 전학생처럼 움찔거렸다. 인솔교사도 이들과 함께 있으면 보육교사로 밖에 보이지 않았다. 여학생들이 마치 친구와 새로 나온 화장품에 대해 떠드는 것 마냥 교사와 대화하는 동안, 종점에 다다르도록 남학생들의 입에서 나온 말이라곤 '네' 밖에 없었다. 만약 그들이 손에 젤라또를 들고 있었다면 누구든 뺏어 먹지 않고는 배길 수 없었을 것이다.

　다행히 누락된 인원 없이 괄괄한 여학생들과 수줍은 남학생들 모두 승차를 마쳤고, 트램은 서서히 육중해진 몸을 움직였다. 발 디딜 틈 없이 빼곡하게 승객들이 서있는 걸 생각하면, 트램의 속도가 느린 것이 차라리 다행인지도 몰랐다. 몇몇 승객들이 창문을 열려고 시도했지만, 오랜 세월 동안 빡빡해진 나무틀은 꿈쩍도 하지 않았다. 정류장 옆에는 이미 다음 트램이 도착해 우리가 탄 트램이 어서 정류장을 벗어나길 기다리고 있었다. 멀지 않은 곳에서 버스킹 소리가 들려왔다. 중년 여성이 부르는 재즈였다. 분명 이 정류장 옆이라면 젤라또 가게가 문을 닫을 일은 없어 보였다.

# 스 테 판

—

—

—

스테판은 프랑스 인이었다. 그가 코너를 돌아 숙소 앞으로 헐레벌떡 뛰어올 때까지만 해도 우리는 그를 숙소 주인으로 착각했었다. 그도 그걸 느꼈는지 우리가 묻기도 전에 본인 또한 투숙객임을 알려왔다. 그는 자신이 캘리포니아에서 왔다고 소개했고, 우리가 그를 미국인으로 착각하자 역시 그가 먼저 프랑스 인임을 알려왔다. 그러고 보니 눈꼬리가 턱에 가 붙을 만큼 헤벌쭉 웃는 그가 미국인 같아 보이진 않았다. 스테판이 웃을 때마다 그의 얼굴 곳곳에는 주름이 깊게 패었다. 그의 눈은 졸린 듯 반쯤 감겨 있었고, 볼은 발그레 상기되어 있었다. 당연하게도 짙은 갈색의 머리까지 방금 일어난 사람처럼 뻗쳐 있어 좋게 말하자면 술에, 솔직하게 말하자면 마약에 취한 사람같이 보였다. 그는 우리가 부부라는 걸 단박에 알아봤다. "어찌 알았냐"라는 나의 질문에 그는 서로를 바라보는 눈에 사랑이 묻어 나온다고 술술 답했다. 술보단 마약에 취한 것이 틀림없었다. 헤벌쭉 웃는 그의 메마른 볼이 다시 한번 깊게 패었다. 나는 그가 싫지 않았다.

그가 리스본이 좋다기에, 우리는 포르투가 좀 더 좋았다 답해 주었다. 알고 보니 그는 이제 막 리스본에 도착한 참으로, 캘리포니아의 집에서 고향인 파리로 가족들을 만나러 가는 길에 경유지로 리스본을 택한 모양이었다. 우리가 포르투갈에는 프랑스인들이 참 많다고 하자, 그 역시 공항에서 숙소까지 오는 동안 포르투갈어보다 프랑스어를 더 많이 들었다며 맞장구를 쳤다. 우리가 대화를 나누는 동안에도 몇 무리의 프랑스인들이 그의 등 뒤로 스쳐 지나갔다. 골목에는 우리와 몇 무리의 프랑스인들이 전부였다. 곳곳에서 프랑스어가 들려왔다. 스테판은 우리를 향해 어깨를 으쓱해 보이고는 또다시 헤벌쭉 웃었다. 물론 그는 우리에게 영어로 말했다.

아내가 그의 손가락에서 반지를 발견하고 결혼을 했는지 묻자, 그는 그렇다고 답했다. 우리는 작은 결혼식에 대해 대화를 나눴다. 그는 우리의 결혼식이 어땠는지 궁금해했고, 우리가 집 앞 레스토랑에서 결혼을 한 걸 알고 몹시 반가워하며 자신의 결혼식에 대해서도 이야기해 줬다. 그는 양가 가족들과 몇 명의 친구들만 초대했던 결정을 스스로 흡족해했다. 헤벌쭉 쳐진 그의 눈꼬리만 보고도 그걸 눈치챌 수 있었다. 아내는 그의 아내가 어디 있는지 궁금한 눈치였고, 그런 기척을 느낀 그가 먼저 내게 무슨 일인지 물어왔다. 스테판은 눈치가 빨랐다.

"쉬 저스트 원더 웨어 이즈 유어 와이프."
"굳 콰스천!"

내 설명을 들은 그가 미소 지으며 집게손가락을 세워 들었다. 메마른 그의 몸처럼 손가락 역시 길고 앙상해 당장이라도 고꾸라질 것만 같았다. 그의 눈은 여전히 반쯤 감겨 있었다. 그가 당장 드러눕는다 해도 그리 놀랄 일은 아니었다. 다행히도 그들 부부 역시 여전히 함께였다. '다행'이라는 건 그의 표현으로, 이혼한 것이 아니니 안심하라며 윙크까지 곁들여 보였다. 그의 아내는 먼저 파리에 가 있었다. 며칠 뒤면 스테판 역시 그곳에 가 있을 것이다. 하지만 그는 캘리포니아의 날씨와 자연을 더 좋아했다.

캘리포니아에 있는 스테판의 집 근처에는 '팀 쿡'이 살았다. 하지만 그를 실제로 만난 적은 없다고 했다. 스테판이 우리도 유명인을 만난 적이 있는지 궁금해했지만, 우리가 아는 유명인을 그가 알 리 없었다. 내가 그리 말해주자 그는 그 말이 맞는다며 헤벌쭉 웃었다. 그는 자주 웃었고, 그럴 때마다 앙상한 몸이 휘청거렸다. 그가 사는 동네에는 '마크 저커버그'도 살았다. 이 경우가 좀 더 극적이었는데, 스테판과 겨우 하루 차이로 같은 음식점엘 왔었다고 했다. 결국 '마크 저커버그' 역시 스테판이 실제로 만났던 적은 없는 것이었다. 스테판의 연갈색 눈동자 때문인지, 그를 이미 알고 있었던 것처럼 느껴졌다. 적어도 난 '팀 쿡'과 '마크 저커버그'의 눈동자 색은 알지 못하니까, 그런 기분도 어느 정도 일리는 있을 것이다.

우리가 캘리포니아에 대한 이야기를 나누고 있을 때 다른 남자가 헐레벌떡 뛰어왔고, 바로 그가 숙소의 주인이었다. 스테판과는 딴판인 남자였다. 그 역시 영어로 이야기했지만 우리는 그의 말을 도통 알아들을 수가 없었다. 그 역시 우리의 대답을 필요로 하는 것 같지 않았다. 스테판의 방을 먼저 안내해 주고 다시 돌아오겠다는 그의 말에 스테판은 고개를 가로저었다.

"노. 아이 니드 저스트 키 앤 와이파이 패스워드! 댓츠 잇!"

스테판에게 필요한 건 다단계 판매원 같은 숙소 주인의 얄고 긴 설명이 아닌, 길면서도 깊은 잠이었다. 그는 바로 그날 새벽 3시에 공항에 도착해 카페인의 힘만으로 버티고 서 있는 중이었다. 아내와 나는 그에게 밤 인사를, 스테판은 우리에게 낮 인사를 건넸다. 그는 다시 한번 헤벌쭉 웃음을 흘려 놓고는 계단 위로 사라졌다. 그가 서 있던 자리에서는 술 냄새도, 대마 향도 나지 않았다. 그저 그가 놓친 잠처럼 나른한 오후의 기운만이 남아 있었다.

# 성당

—

—

—

여행을 하는 동안에는 시간 개념이 없어진다. 예민한 탓에 집만 나가면 잠이 짧아지는 나로서는 더욱 그렇다. 일정을 정해두지 않고 여행한 탓도 있었을 것이다. 성당에 들어서고 나서야 나는 그날이 일요일이란 걸 알 수 있었다. 물론 성당에 간 것 역시 일정에는 없던 일이었다.

성당에서는 미사가 진행 중이었다. 여느 성당이 그렇듯 리스본 대성당 역시 천정이 높아 신부님의 목소리가 오랫동안 그곳에 머물렀다. 그 소리는 마치 빛과 함께 스테인드글라스 너머에서 흘러들어온 듯했다. 신자들은 고개를 숙인 채 가만히 그 소리를 제 안에 담고 있었다. 복도를 따라 잇대어 켜 둔 촛불들이 몸을 떨며 그들을 밝혔다. 닳아버린 나무 의자의 모서리가 희미하게 빛났다. 얼마나 많은 무릎이 가닿았을지, 내게는 그것을 가늠할 능력도 자격도 없었다.

"주님을 모시기에 합당치 않사오나, 한 말씀만 하소서. 제가
곧 나으리이다."

신부님이 왼 기도문을 한국어로 옮겨 아내의 귀에 속삭여주
었다. 사제들이 빵을 나누어 먹었다. 그 앞으로 신자들이 줄을
섰다. 아내는 말없이 그 모습들을 지켜보았다. 나도 아내의 어
깨너머로 같은 장면을 지켜보았다. 차례로 빵을 받아먹은 신자
들이 성호를 긋고 자리로 돌아갔다. 누군가 내 어깨를 가볍게
두드리기에 돌아보니, 중년 남성이 소리 없이 모자 벗는 시늉을
했다. 놀란 나는 그가 채 시늉을 마치기도 전에 모자를 벗어 손
에 쥐었다. 우린 서로 가볍게 목례를 했다. 아내는 여전히 사제
단에서 눈을 떼지 못하고 있었다.

성당 내부에는 미사를 방해받지 않기 위해 펜스가 쳐져 있었
다. 손으로 밀면 툭 하고 쓰러질 것만 같은 철망으로 된 얕은 펜
스였다. 그럼에도 그 펜스가 성당 밖의 소란과 사람들이 뱉어
낸 잡다한 수군거림까지도 굳건히 막아주고 있는 듯했다. 그 역
시 관광객인지 미사에 참여하지 못한 남자 하나가 펜스에 바짝
붙어 서서 기도를 올리고 있었다. 검버섯이 피어난 그의 머리에
는 백발도 이제 얼마 남아 있지 않았다. 그가 고개를 숙이고 있
어, 그의 얼굴에 패인 주름의 개수나 깊이는 짐작할 수 없었다.
그가 노란색 머플러 깊이 고개를 파묻었다. 코듀로이 바지 밑단

아래 그의 검은색 구두가 성당 의자처럼 닳아 있었다.

# 줄

―

―

긴 대기 줄만 보고 우리는 그곳에서 뭔가 맛있는 걸 팔고 있는 게 틀림없다고 믿어버렸다. 곧 그곳이 동네에 흔히 있는 마트라는 걸 알게 되었지만 말이다. 많은 사람들이 식료품 코너 한구석에 서서 빵과 커피로 아침식사를 해결하고 있었다. 진열장엔 빵들이 가득했고, 이들이 내리는 방식으로는 에스프레소가 나오기까지 채 10초도 걸리지 않았다. 우리는 빠르게 다가오는 차례를 확인하며 무엇을 주문해야 할지 몰라 발을 동동거렸다. 그때 우리보다 앞서 줄을 섰던 두 남자가 직원과 친근하게 인사를 주고받는 게 보였다. 잠시 후 그들은 햄과 치즈가 들어간 크루아상 브리오슈를 받아 들었고, 우리는 조금 전 그 직원에게 그들과 같은 메뉴를 주문했다. 에스프레소 또한 잊지 않았음은 물론이다.

살짝 접은 종이봉투엔 크루아상 브리오슈가 들어 있었다. 아니, 햄과 치즈를 쑤셔 넣은 크루아상 브리오슈가 들어있었다. 나는 한 쪽 손에 그 종이봉투를, 다른 한 손에는 설탕 한 스틱을 부러뜨려 넣은 에스프레소를 들고 입구에 있는 스타벅스를 지나쳐 호시우 역으로 들어갔다. 그리고 2층으로 올라가는 에스컬레이터 위에서 괜히 스타벅스를 돌아봤는데, 모르긴 몰라도 나만 어깨에 힘이 들어갔던 것은 아닐 것이다. 어서 빵을 맛보고 싶었던 아내의 발걸음이 날 듯이 가벼웠다. 하지만 그렇게 기분을 낼 수 있었던 것도 잠시뿐, 역사 2층에서 우린 또 다른 긴 줄을 만났다. 이건 틀림없이 맛있는 것과는 상관이 없는 줄이었다.

창구가 세 개뿐이라 줄이 줄어들 만하면 다시 길어지기를 반복했다. 흡사 휴일의 놀이공원 입구를 연상케 하는 광경이었다. 내 예상이 맞는다면 줄 선 이들은 모두 관광객들이었고, 덕분에 사방에서 각기 다른 언어가 들려왔다. 내 앞에 선 독일인으로 보이는 남자가 자신의 코보다도 작은 디지털카메라로 역사 곳곳을 찍어댔다. 떡 벌어진 등판과 금빛으로 빛나는 머리칼이 그가 독일에서 왔다는 추측에 더욱 힘을 실어주었다. 그는 수제 소시지만큼이나 두꺼운 손가락으로도 카메라를 능숙하게 다뤘고, 그의 앞에 간격이 벌어질 때마다 나는 마음속으로 종종걸음을 쳤다. 이제 막 줄을 선 이탈리아 가족의 새된 목소리가 층고 높은 역사 안을 오랫동안 돌아다녔다. 하나같이 멋진 선글라스를 낀 가족이었다.

그 사이 줄은 꾸준히 줄어들어 독일 남자와 나도 제법 창구와 가까워져 가고 있었다. 그때 창구에 붙어 섰던 콧수염을 기른 중년 남자가 기세 좋게 돌아섰다. 그리고 치켜든 그의 오른손에는 몇 장의 기차표가 들려있었다. 하지만 그의 가족들은 이미 저 멀리 개찰구까지 먼저 가 버린 뒤라 누구도 그의 영웅적 쾌거에 호응해 주는 이가 없었다. 잠시 밝아졌던 그의 표정은 아파트 계단의 자동 점멸등처럼 한순간에 사그라들었다. 나는 계면쩍게 가족을 뒤따르는 그의 뒷모습을 지켜보았다. 그의 작은 키와 적은 머리 숱이 괜히 도드라져 보였다. 그는 가족들을 놓치지 않기 위해 종종걸음을 쳤고, 금세 시야에서 사라졌다. 그가 서있던 창구에는 이제 독일 남자가 서 있었다.

"넥스트!"

빈 창구에서 다음 승객을 불렀다.

# 노인

—

—

—

우리는 정류장에 앉아 버스를 기다리고 있었다. 그곳엔 우리
말고도 일곱 명의 노인이 더 앉아 있었다. 우리가 처음 그곳에
도착했을 땐 두세 명뿐이었는데, 어느샌가 일곱 명이 되어있었
다. 눈 화장을 짙게 한 할머니. 머리가 세다 말아 레몬 빛이 된
할머니. 얼굴을 받치고 앉을 만큼 배가 부푼 할머니도 있었다.
중간에 두 명의 할머니가 잠시 말을 섞기도 했지만, 그들은 대
체로 말이 없었다. 그저 가만히 앉아 버스를 기다렸다. 그곳에
남자는 나 하나뿐이었다.

내가 그들 사이에 아내를 앉혀놓고 포르투갈어로 된 배차 표
를 살피자, 그나마 머리가 덜 샌 이가 역시 포르투갈어로 내게
말을 걸어왔다. 곧 나는 그녀가 영어를 하지 못한다는 걸 알 수
있었고, 그녀 역시 내가 포르투갈어를 할 줄 모르며 어쩌면 영

어도 할 줄 모른다는 걸 알아 챈 듯했다. 나는 연거푸 목적지만을 짧게 읊었고, 표정이 밝아진 그녀는 연신 고개를 끄덕였다. 나 역시 그곳에서 그들과 함께 버스를 기다리면 되는 것이었다. 일곱 명의 노인들은 잠시 내게 주었던 시선을 거두었고, 다시 침묵의 시간이 돌아왔다. 적지 않은 시간을 기다려 우리는 버스에 탈 수 있었다. 버스는 인적 드문 시골길을 돌며 그녀들을 하나 둘 차례로 내려주었다.

대서양을 보고 난 뒤 아내와 나는 내렸던 반대 방향에서 버스를 탔다. 돌아오는 버스에는 노인이 없었다. 노인들이 내렸던 곳들에선 학생들만 몇 명 올라탔을 뿐이었다. 대신 버스가 굽이진 길을 되짚어 달리는 동안, 간간이 만나는 마을들 어귀에서 노인들을 찾을 수 있었다. 도로와 맞닿아 있는 노란색 카페에 헌팅캡을 쓴 노인이 앉아 있었다. 테이블에 커피 잔이 놓여 있었지만 그의 시선은 다른 곳에 가 있었다. 능선 아래로 내려다보이는 집 현관 앞에는 노부부가 의자를 가져다 놓고 나란히 앉아 볕을 쬐고 있었다. 주황색 재킷을 걸친 노인은 벽돌을 쌓아 만든 담에 기대 먼바다를 보고 있었고, 무릎 위에 책을 한 권 덮어둔 노인은 공원의 초록색 벤치에 앉아 저무는 해를 보고 있었다. 그들은 하나같이 말이 없었다.

리스본으로 돌아오는 열차 안에서도 나는 노인을 보았다. 내 맞은편에 그가 앉아 있었다. 검은색 캡을 쓰고, 검은색 패딩을 입었지만, 그의 얼굴에 난 털들은 모두 희게 새어있었다. 볕에 그을린 두 볼은 턱 아래로 쳐져 있었고, 눈꼬리가 그 뒤를 따르고 있었다. 그 역시 말이 없었다. 때때로 고개가 돌아갈 때도 있었지만 어느 곳을 보든 그의 시선은 그의 입만큼이나 조용했다. 딱 한 번, 마주 앉아 있던 그의 부인이 발 장난을 치자 그는 꿈에서 깬 듯 눈을 동그랗게 떴다. 하지만 그렇게 잠시 미소 지었던 그의 얼굴은 다시 모아 둔 그의 두 손만큼이나 얌전해졌다. 그는 그저 그렇게 가만히 앉아 있었다.

창 너머로 스쳐 지나가는 방음벽에는 그라피티가 끝없이 이어져있었다. 그것들은 역사 기둥에도, 배전반이나 벤치에도 있었다. 심지어는 열차의 차창에 그려져 있는 것들도 있었다. 눈에 닿는 모든 곳들에 그것들이 있었다. 그것들은 각자 각각의 말들을 쏟아내고 있었다. 누구나 그것들의 감정을 쉽게 읽어낼 수 있었다. 나는 다시 노인을 바라보았다. 그는 여전히 말이 없었다. 그가 가만히 시선을 옮겼지만 누구도 그것을 알아채지 못했다.

# 더스틴 호프만

—

—

—

트램의 창으로 오후의 볕이 쏟아져 들어왔다. 객차 안은 이제 막 체육시간을 마친 학생들이 돌아온 교실처럼 달아올랐다. 반질반질하게 닳은 나무 바닥에선 마른 냄새가 피어올랐고, 아귀가 맞지 않는 창틀에선 때때로 마찰음이 들려왔다. 스며드는 잠을 쫓기 위해서는 차창 밖 풍경들을 좀 더 공들여 눈에 담는 수밖에 없었다.

가로수로 심은 올리브 나무들이 가지치기를 하지 않아 제법 넓은 그늘을 만들어내고 있었다. 트레이닝 복을 갖춰 입고 조깅을 하는 이도 있었지만, 벤치에 앉아 아이스크림을 먹는 이들이 더 자연스러워 보였다. 공원 옆에 낡은 해치백을 세워두고 웃통을 벗은 채 잠든 남자의 표정이 부처의 열반만큼이나 평화로웠다. 바다가 가까워질수록 거리에는 연인들이 많아졌다. 그중에는 길을 건너다 말고 미처 인도로 올라서기도 전부터 서로를 껴 안는 이들도 있었다. 그 모습은 포옹이라고 표현하기엔 좀 더 농밀해 보였는데, 그들이 해를 등지고 있어 내게 보이는 건 하나의 그림자뿐이었다. 물가에 늘어선 바리케이드 위에도 한 쌍의 젊은 남녀가 입을 맞대고 있었다. 단지 키스라는 단어로는 그 애틋함을 담기 부족할 만큼, 그들은 그렇게 한참 동안이나 맞댄 볼을 떼지 않았다. 트램은 가다 서다를 반복하며 느리게 나아갔고, 창을 넘어온 볕이 객차 안을 오렌지빛으로 물들였다. 단정하게 차려입은 노부부가 쿠페를 타고 빠르게 스쳐 지나갔다. 이 나라에서는 노부부도 손을 잡고, 뽀뽀를 하고, 나란히 걸었다. 노인을 위한 나라가 있다면, 그곳은 포르투갈일 것이다.

검은색 셔츠를 입은 노인이 나무 그늘 아래에 담배를 물고 서 있었다. 셔츠 아래엔 블랙진을 맞춰 입었고, 풍성한 흰머리는 뒤로 넘겨 이마를 훤히 드러내고 있었다. 좁게 모은 입술에서 머릿결처럼 희고 풍성한 연기가 새어 나왔다. 그레이 머플러만 하나 둘러맸더라면 '더스틴 호프만'이라 오해했을지도 모른다. 아니, 그는 '더스틴 호프만'이었을 것이다. 그 역시 이제 노인일 테니 노인들을 위한 나라에 와서 담배 한 개비를 맛나게 피고 있었는지도 모르겠다. 이곳에서는 올리브 나무가 느티나무만큼 가지를 늘어뜨려도 누구 하나 거슬려 하는 이 없지 않은가. 그 그늘 아래에서 피는 담배 한 개비는 내가 알지 못하는 천국의 맛일 것이다.

# 저녁 식사

—

—

—

사내는 눈가에 장난기가 가득했다. 숱 적은 짧은 머리도, 통통하게 살이 오른 볼과 짙은 색 눈동자, 그리고 긴 속눈썹까지도 그를 그렇게 보이게 했다. 하지만 그는 제법 믿음직해 보였다. 그런 그가 우리에게 무려 3개의 메뉴를 '스페셜'하다 추천했다.

"잇츠 스페셜."

그가 엄지손가락을 내밀어 보였다.

"오! 디스원 이즈 리얼리 스페셜!"

이번에는 자신의 통통한 주먹을 꽃처럼 펴 보이며 키스를 했다.

"디스! 펄펙트."

이제는 자못 진지하기까지 했다. 진지한 건 우리와 눈을 맞춘 그의 눈빛만이 아니었다. 땀내 나고 소스와 기름으로 범벅된 그의 유니폼 역시 조용히 제 할 말을 다 하고 있었다. 그것은 말이 유니폼이지 목 부분이 늘어지고 소매가 구겨진 반팔 티에 불과했다. 이 남자는 거짓말을 할 줄 모른다. 그게 내 생각이었다.

하긴 거짓말이랄 게 뭐 있겠는가. 소스와 기름에 전 건 그의 티셔츠만이 아니었다. 차콜색 대리석 바닥 역시 기름과 엉겨 붙은 먼지 덕분에 광택을 잃어가고 있었다. 가게 안은 모두 다 같은 색 대리석으로 마감이 되어 있었는데, 세련된 느낌의 대리석이라기보단 작은 빌딩 로비에서 흔히 볼 수 있는 그런 것이었다. 벽과 바닥의 경계가 없었고, 좁은 입구부터 안쪽 계단까지 이어지는 긴 바 역시 같은 대리석으로 되어 있었다. 뭐랄까, 애써 편의성을 위한 것이라 변호하자면, 같은 수세미로 바와 벽, 그리고 바닥까지 청소를 해도 큰 양심의 가책을 느끼지 않아도 될 인테리어였다. 벽에는 적당한 간격을 두고 옷걸이용 고리가 박혀 있었고, 맨 안쪽 벽에는 tv가 한대 걸려 있어 바에 앉은 손님들과 일하는 직원들 모두 고개만 살짝 돌려도 축구 중계를 볼 수 있었다. 손님이 앉을 수 있는 바의 의자는 일고여덟 개 정도로, 움직일 때마다 알루미늄 긁는 소리가 나는 '편의성에 충실한' 것들이었다. 거기에 앉아 있으면 바 너머 스테인리스 수납장에 쌓여있는 포트와인과 올리브오일 병들이 고스란히 들여다보였다. 반쯤 빈 리큐어 병들에 붙어있는 메모까지도 읽을 수 있을 정도였다.

바 너머는 주방이었다. 가게는 긴 직사각형 구조로 그 가운데를 바가 가로지르고 같은 너비의 공간을 홀과 주방이 나눠 쓰는 구조였다. 주방이라고 해봐야 큰 화로 하나와 생맥주 기계, 그리고 커피 머신이 다였다. 그 공간을 네 명의 직원들이 오가며 일을 했다. 아, 사장은 화로 앞에서 고기만 구웠으니 오간 직원은 세 명이라고 해야겠다. 내가 그를 사장이라 생각한 건 홀로 유니폼이 아닌 파란색 셔츠를 입은 데다, 백발의 노인이었기 때문이었다. 다른 직원들 중에도 동년배로 보이는 이가 있었지만, 그는 유니폼을 입은 데다 디저트나 와인 등을 서빙하고 있었다. 숯불구이 집에서 중요한 건 화로지 파운드 케이크 따위가 아니니까, 아마 파란 셔츠를 입은 이가 사장이었을 것이다.

여기까지가 내가 바에 앉아 파악할 수 있는 것들이었다. 이런 가게가 만석이라면 직원이 모든 메뉴를 다 맛있다 해도 믿을 수밖에 없다. 다행히 그는 세 개의 메뉴만을 추천했고, 우린 그중 두 개를 주문했다. 함께 주문한 생맥주가 먼저 나왔다. 하얀 거품이 매끈한 유리잔을 타고 흘러내렸다. 하루 종일 쓰고 있었던 모자를 벗어 바 위에 얹어두고 잔을 잡자, 서늘한 맥주의 기운이 손끝에 느껴졌다. 이윽고 그 서늘한 기운은 팔과 목을 타고 올라 볼까지 전해졌다.

내 왼편에는 헌팅캡을 쓴 노인이 밥을 먹고 있었다. 샐러드와 감자튀김이 메인과 함께 한 접시에 담겨있는 전형적인 포르투갈 식 백반이었다. 그는 의자에 앉는 대신 바에 기대선 채로 레드와인을 곁들여 마셨다. 그는 꼽추였다. 그의 옆에는 안경을 쓴 노인이, 그리고 그 옆자리에는 곱슬머리 노인이 앉아 있었는데, 그들 역시 헌팅캡을 쓰고 있었다. 자세히 보진 못했지만 둘 중 하나는 코듀로이 팬츠를 입었을 테고, 아니라면 콧수염을 길렀을 것이다. 가게 어디에서도 프랑스어나 영어가 들려오지 않았다. 사장은 그들과 속사포처럼 대화를 나누면서도 구이만큼은 더디게 뒤집었다. 유일한 젊은 직원이 홀로 바쁘게 움직이고 있었다.

아내는 내 오른 편에 앉아 있었고, 그 옆으로도 노인들이 앉아 있었다. 우리는 이 가게의 둘 밖에 되지 않는 외국인 손님이면서, 흰머리보다 검은 머리가 많은 손님이었다. 아내의 오른편에 앉아 있는 노인들 역시 헌팅캡을 쓰고 있었다. 그중 한 명은 흰 셔츠에 검은색 가죽 재킷을 입고 있었는데, 뭔가에 쫓기듯 끊임없이 통화를 했다. 또 한 명의 노인이 가게로 들어와 자리를 찾기에 아내가 내 곁으로 바짝 붙어 앉으며 자리를 만들어 내려 하자, 그는 통화를 하면서도 신경 쓰지 말라며 손짓을 했다. 당연히 새 손님도 헌팅캡을 쓰고 있었다. 이 모자들을 모두 걸려면 클라이밍 연습장의 암벽만큼이나 많은 양의 걸이가 필요해 보였다.

나는 생맥주를 들이켜며 콧수염을 기른 내 모습을 상상해 봤다. 수염에 묻은 거품을 손등으로 쓱 닦아내며 마시는 생맥주야말로 진정한 어른의 맛일 것이다. 눈가에 장난기가 가득한 사내가 스페셜 메뉴를 내왔다. 나는 티슈로 입가를 가볍게 닦아내고 포크와 나이프를 들었다. 바는 만석이었다.

# 외로운 사람

—

—

—

사주쟁이가 말하길 나는 태어나길 외롭게 태어났다고 한다. 사주쟁이? 정확한 호칭은 나도 모른다. 흔히 기독교인을 예수쟁이라 부르기에 그리 불러봤을 뿐이다. 종교가 없어서 편한 건, 내가 어떤 표현을 써도 그것이 특정 종교에 대한 비하가 되지 않는다는 것이다. 내게 그들 각각은 고유명사 이상의 의미가 없다. 방귀쟁이, 뻥쟁이, 심술쟁이가 그러하듯.

아무튼 나는 태초부터 그런 존재라고 한다. 모태신앙처럼 외로움을 달고 태어난 것이다. 나도 아내를 통해 전해 들은 거라 정확히는 알 수 없으나, 태생이 그러니 애쓰지 말라 했다고 한다. 다행스러운 일이다. 아내가 블랙홀 같은 나의 외로움을 채워주지 않아도 되니. 아내가 애쓰는 건 나 역시 바라지 않는다. 블랙홀의 건너편에 무엇이 있을지는 누구도 알 수가 없다. 어쩌면 나에게도 잘된 일이다. 샘물처럼 솟아나는 외로움의 수맥을 굳이 찾아 틀어막지 않아도 되니. 아랍의 부자들이 그러하듯 그저 마르지 않고 퐁퐁 샘솟는 그것을 신의 축복이라 생각하면 그만이다. 다른 게 있다면, 외로움은 벤틀리나 롤스로이스 따위를 주지 않는다는 것 정도뿐이다.

여행을 할 때마다 난 불법체류자가 된 나를 상상하곤 한다. 비자가 만료되었는데도 제때 출국을 하지 않고 남아있는 불순물 같은 존재. 돈도 떨어지고, 직업을 구할 수도 없으면서 왜인지 남기를 택한 이방인. 일부러 그러는 건 아니고, 뜬금없는 장소나 상황 속에서도 그런 장면들이 불현듯 그려지곤 한다. 도대체 무엇이 너를 외롭게 했느냐 물으면 곤란하다. 외로워서 드는 생각이 아니다. 볕 좋은 날 오후, 복작되는 거리에서도 의지와 상관없이 안개처럼 스멀스멀 피어오르는 것이니까. 외롭거나 힘들어서가 아니라 행복하고 기분이 좋기에 나도 모르게 그곳에 남기를 바라는 것이 아닐까 싶다. 내게 남을 수 있는 방법이 달리 많은 것은 아니니까. 그런 극적인 방법을 무의식이 내게 알려오는 것이다.

나는 바에 앉아 맥주를 마시고 있었다. 그리고 내 오른 편으로 동네 할배들이 줄줄이 나와 앉아 있었다. 그들 역시 맥주나 와인 따위를 마시고 있었다. 그들이 그곳에 늘어앉은 건 축구 경기를 보기 위해서였고, 그곳은 그런 장소였다. 가게 주인 역시 그들과 잡담을 나누며 바 위에 달아놓은 tv로 '벤피카'와 '갈라타사라이'의 유로파 경기를 지켜보고 있었다. 바 위의 잔들이 비지 않게 제때 채워주는 건 오로지 머리가 곱슬거리는 젊은 직원의 몫이었다. 하지만 할배들은 뜨거운 보리차 마시듯 뜸을 들였고, 맥주잔을 타고 흐르는 물방울에 애꿎은 코스터들만 축축하게 불어 오르고 있었다.

　나는 배가 불러, 두 번째 잔은 작은 사이즈로 주문했다. 곱슬머리가 능숙한 동작으로 넘쳐흐르는 거품을 걷어내며 다시 잔을 적절히 채워냈고, 내겐 그 광경이 축구 경기보다 흥미로웠다. 경기 초반의 유리한 분위기에도 불구하고 '벤피카'는 계속해서 기회를 놓치고 있었다. 이제는 옆 가게 주인까지 넘어와 목소리를 높여댔는데, 그 또한 할배 축에 들었다. 마침내 곱슬머리도 그 대열에 합세했고, 넓지 않은 가게는 굳이 경기장을 가지 않아도 될 만큼 떠들썩해졌다. 그 많은 말들 중 내가 알아들을 수 있는 말은 없었고, 나는 그저 짐작만 할 뿐이었다. 새 손님들이 들어올 때마다 점원들은 한마음으로 그들을 테이블 자리가 있는 이 층으로 올려 보냈다. 바에 손님을 늘리지 않기 위한 그들의 눈빛은 점원보다는 경호원 쪽에 가까웠다. 오바마가 들렸다는 하노이의 분짜 집 분위기가 이렇지 않았을까 싶다.

　일층 바에서 떨어져 나가고 싶지 않으면 나 역시 영락없이 한 잔의 맥주를 더 주문해야 할 형편이었다. tv에서는 '벤피카'의 실축 장면을 놓고 캐스터와 해설자가 한바탕 빠른 말들을 늘어놓고 있었는데, 나로서는 그 내용들 역시 그저 짐작만 가능했다. 슬로 모션으로 보여주는 리플레이 장면이 그나마 이해를 도왔다. 아까부터 말을 걸어왔던 옆자리 할배가 또다시 내 쪽으로 몸을 틀어왔다. 노란색 니트 위로 검은색 가죽 재킷을 걸친, 풍채가 좋은 양반이었다. 나는 그가 축구 이야기를 하고 있다고 믿었다. 나는 미간을 좁히고 손을 내젓는 걸로 그의 말들을 받아냈다. 어쨌든 '벤피카'는 좀 더 잘 할 필요가 있었으니까.

내가 값을 치르고 바를 떠날 때 누구도 나를 붙잡지 않았다. 눈매가 매서운 가게 주인과 곱슬머리 직원만이 가볍게 인사를 건넸을 뿐이었다. 다른 이들은 막 시작한 후반전을 보고 있었다. 옆자리에 앉아 있던 할배는 이제 다른 이를 붙잡고 떠들고 있었다. 나는 이들을 몰랐고, 이들 역시 나를 몰랐다. 나는 여전히 가게 안에서 들려오는 말들을 알아듣지 못했다. '벤피카'가 경기에서 이기고 지는 것도 내겐 별다른 의미가 없었다. 나는 가게를 나와 가로등이 드문 골목을 걸었다. 공사장 방음벽에 설익은 그라피티들이 그득했다. 좁은 도로 건너 술집 입구가 눈에 띄었다. 오래된 대리석 건물에 유리로 낸 문과 조도를 낮춘 전등이 인상적이었다. 가본 적 없는 곳이었다.

사실 이 거리도 이제 두어 번 걸어본 게 전부였다. 내가 아는 거라곤 이 길을 쭉 따라가면 숙소가 나온다는 것뿐이었고, 숙소 역시 익숙해지기 전에 다시 옮기게 될 것이다. 내가 아는 건 이 도시의 이름뿐, 구글맵이 없으면 주소도 외지 못했다. 아내만이 내가 이곳에 있다는 걸 알았다. 마주 오던 키 큰 남자와 눈이 마주쳐 서로 가볍게 목례를 했다. 그가 내게 길을 물어올 일은 없을 것이다. 밤공기 때문이었을까, 발걸음이 가벼웠다. 가벼운 건 그것만이 아니었다. 평온히 물속을 헤엄치는 신생아처럼 모

든 것이 자연스럽게 느껴졌다. 발걸음이 닿는 곳, 그곳에 내가
있었다.

# 핑크

—

—

—

아내는 아직 잠들어 있었다. 아내 말에 의하면 나는 시차 적응 중이었고, 밤새 자다 깨기를 반복했다. 아내의 의견대로 나는 잠들기 위해 애쓰는 대신 그렇게 밤새 아내 곁에 앉아 와인을 마시거나, 글을 썼다. 물론 틈틈이 졸기도 했기 때문에 일단 아내가 누우면 나도 자리에 들었고, 그녀가 일어나면 나도 일어났다.

방 안은 내가 켜 둔 스탠드의 빛이 드는 곳 말고는 어둠이 짙어 우리가 자리에 들었을 때와 크게 차이가 없었다. 하지만 난 시계를 보고 한참 전부터 이미 아침이란 걸 알고 있었다. 나는 조용히 덮고 있던 이불을 걷고 일어나 테라스로 나갔다. 숙소에는 제법 넓은 테라스가 있었는데, 나무틀로 된 큰 창이 방과의 경계 역할을 했다. 흰색 페인트로 칠을 한, 유럽에서 흔히 볼 수 있는 것이었다. 그리고 그와 함께 역시 흰색 페인트로 칠을 한 나무 덧문이 있었다. 그 덧문은 접이식으로 만들어져 낮에는 따로 열어 둘 수 있었고, 밤이면 닫아 밖의 빛과 냉기를 차단했다. 물론 방 안의 비밀을 지켜주는 역할도 했다. 그 덧문을 닫아야만 비로소 방과 테라스는 각각의 이름을 얻을 수 있었다. 마치 여왕의 칼이 어깨에 닿고 나서야 기사가 될 수 있듯이 말이다.

놋쇠로 된 작은 잠금장치를 풀고 덧문을 걷어내니, 핑크빛이 쏟아져 들어왔다. 그것은 서두름도 없이 차분하게 내가 낸 틈 사이로 스며들어 이내 방 안을 가득 채웠다. 아직은 찬 기운이 가시지 않았을 하늘도 결국 오래 지나지 않아 그것에게 모든 것을 내어주었다. 모른 척하기엔 너무도 짙었고, 모르기엔 너무도 선명했다. 그리고 물들었다 말하기엔, 이미 그것만이 있었다. 뜰에 열린 레몬도, 지붕 위의 고양이는 물론 테라스 한편의 열대식물과 내어둔 내 손등까지도 본래의 빛깔을 잃어버렸다. 내가 그이들을 본래의 빛깔로 불러 본다 한들 그것들은 이미 존재하지 않는 색이기에, 내 말은 공연한 거짓말이 될 뿐이었다.

핑크빛은 밤새 식은 마루를 건너, 아직 아내가 잠들어 있는 침대를 가뿐히 타고 올랐다. 곧 그녀의 손등도 내 손등과 같은 빛을 띠었다. 그녀가 내 곁에 와서 섰고, 우리는 함께 그것을 바라보았다.

# 비파나스

—

—

—

"투. 테이크 어웨이."

나는 솥에서 끓고 있는 스튜를 손가락 끝으로 가리켰다. 얇게 저민 돼지고기가 가득한 커리 색의 스튜였다. 큰 솥이 주방의 절반을 차지한 만큼 또 다른 메뉴가 있어 보이진 않았지만 이보다 확실한 주문 방법 또한 있어 보이지 않았다. 바 안에서 사장으로 보이는 중년 남자가 고개를 끄덕였다. 멋진 콧수염만큼이나 짙고 두꺼운 눈썹을 가진 남자였다. 그는 양손을 얼룩진 앞치마에 슥 닦아내고 어린애 머리통만 한 빵을 집어 들었다. 가게가 작은 것이 극적 대비를 위한 것이었나 싶을 만큼 큰 빵이었다. 앞치마는 그것에 손을 닦는 게 의미가 있나 싶을 만큼 얼룩이 많았는데, 얼룩은 주로 스튜 국물과 같은 색이었고, 어떤

것들은 오래되어 숯처럼 검게 변해있었다. 그것들은 덥수룩한 머리와 정리를 잊은 수염만큼이나 그를 돋보이게 했다. 그의 옆에 서서 내 눈치를 살피는 청년은 아직 갖지 못한 것이기도 했다. 털이 성성한 사장의 손가락에 빵가루가 분처럼 묻어 있었다.

반면 청년은 머리를 깔끔하게 빗어 넘기고 있었다. 앞치마도 다렸음이 분명했고, 눈썹 역시 정돈한 티가 났다. 하지만 그 어느 것으로도 그가 사장의 아들이라는 걸 감출 순 없어 보였다. 작은 키, 짙은 색의 눈썹과 피부, 아직 쳐지지 않았을 뿐 같은 모양의 눈까지. 두 사람이 부자지간이란 건 내가 관광객이라는 사실보다 당연해 보였다. 바에 앉아 아침식사를 하던 손님이 힐끗 곁눈질로 나를 살펴봤다. 불뚝 나온 배와 색이 옅어진 니트가 정겹게 느껴지는 사람이었다. 그에겐 내가 관광객이라는 사실이, 사장과 청년이 부자지간이라는 것만큼이나 당연해 보였을 것이다. 그는 다시 시선을 돌려 식사를 이어갔다.

청년은 선뜻 내게 묻지 못하고 절절매고 있었다. 그건 나 역시 마찬가지였다. 가게가 워낙 작은 데다 두 사람이 서 있는 것만으로도 주방이 꽉 차 있어서 어떤 음료가 준비되어 있는지 눈대중으로는 파악이 어려웠다. 빵을 쌓아놓을 공간이 남아있다는 게 신기할 따름이었다.


"두 유 해브 애니 코크?"


나는 과장된 입 모양을 지어 보였다. 내가 말을 더할 때마다 청년의 표정이 문제를 풀지 못해 선생님께 혼나는 학생 마냥 굳어져 갔기 때문이었다. 그렇다고 내어 보인 나의 잇몸이 그를 달래줄 수 있을 것 같진 않았다.


"노. 노 코크 히어."


보다 못한 사장이 직접 나섰다. 반으로 가른 빵 안에 스튜에서 건져낸 고기를 쑤셔 넣던 중이었다. 그렇게 그의 앞치마에는 새로운 얼룩들이 더해지고 있었다. 음료 메뉴는 커피가 전부였고, 나는 조린 돼지고기와 에스프레소를 함께 씹는 맛을 상상할 수 없어 '비파나스' 두 개만 계산해 달라고 했다. 물론 빵에 돼지고기를 넣어 먹는 메뉴의 이름이 '비파나스'라는 건 계산한 뒤에야 안 사실이라, 그때까진 여전히 손짓과 발짓의 도움을 받는 수밖엔 도리가 없었다.

내가 가게 안으로 들어서고부터 내내 얼굴이 하얗게 질려있던 청년은, 돈을 거슬러주며 처음으로 웃어 보였다. 그가 준 앙증맞은 사이즈의 영수증은 빵의 크기가 아닌 가게의 면적을 고려한 것이 틀림없어 보였다. 후춧가루같이 작은 글자들을 보고서야 나는 그게 영수증이란 걸 알 수 있었다.


'비파나스 두 개, 4.4유로.'


나는 묵직한 종이봉투를 받아 들고 가게를 나섰다. 날씨가 좋아 손 그늘을 만들어 써야 했다. 흰 봉투에는 사장의 앞치마에 있는 얼룩과 같은 색의 얼룩이 벌써부터 배어 나오고 있었다.

# 트 럼 펫

—

—

—

　남자는 트럼펫을 불고 있었다. 광장 끝 성당 입구에 서서 그 옛날 왕의 행차를 알리는 나팔수 마냥 그것을 불어댔다. 맞다, 불어댔다는 표현이 맞겠다. 짧은 곡만 연주했다기보단, 3분 이상 연주할 수 있는 곡이 없어 보였다. 문외한인 내가 보기에도 음정이나 박자가 불안정해 보였는데, 모르겠다. 기가 막힌 재즈를 연주하고 있던 중이었는지도 모른다. 어쨌든 사람들의 이목을 끄는 데는 성공을 한 셈이어서, 그곳을 지나는 사람치고 그를 슬쩍이라도 돌아보지 않는 이가 없었다.

　거미줄처럼 얽히고설킨 포르투의 구시가지 골목골목이 그가 만들어낸 굉음으로 가득 찼다. 하지만 그에 반해 그가 발치에 펼쳐 둔 트럼펫 가방은 방학이 시작된 초등학교 운동장처럼 텅 비어있었다. 그 흔한 5센트 짜리 동전 하나 던져주는 이마저 없었다. 그가 연주를 멈추지 않은 한 가방을 도둑맞을 일은 없어 보였다. 하지만 남자를 걱정할 필요는 없었다. 그는 기분이 좋아 보였다. 물론 눈과 입에 힘이 잔뜩 들어간 그의 얼굴이 그다지 편안해 보이진 않았지만, 그가 틀림없이 웃고 있다고 느껴졌다. 볼이 풍선처럼 부푼 다람쥐를 보고, 나도 모르게 미소 지어지는 것과 비슷한 느낌이었다.

그의 연주는 자신의 의지와 상관없이 툭하면 끊어지길 반복했다. 하지만 그 와중에도 그는 지나는 이들과 눈을 맞추며 미소 짓는 여유까지 보였다. 만약 연주를 하지 않고 손에 들고만 있다고 생각해 보면 그가 트럼펫과 제법 잘 어울릴 것도 같았다. 아마 몸집이 커서 그랬던 거 같은데, 단순히 키가 크고 덩치만 좋았던 게 아니라, 머리통도 남달리 크고 손가락 마디 마디마저도 잘 뽑아낸 순대 가락처럼 두툼했다. 그가 플롯이나 비올라를 선택했더라면 연주 실력은 좀 더 나았을 지도 모르겠지만, 트럼펫만큼 외형적으로 잘 어울리긴 어려웠을 것이다.

남자가 사이렌 소리에 맞춰 트럼펫을 불어 대자, 앰뷸런스가 경고성 짙은 경적을 뱉어냈다. 이에 남자는 중절모를 벗어 궁정에서나 어울릴법한 인사로 되받았는데, 누구의 박수도 이끌어 내지는 못했다. 당분간 남자의 가방이 동전으로 채워질 일은 없어 보였다. 남자는 다시 트럼펫을 입에 물었다. 포르투의 낡은 골목골목이 다시 굉음으로 가득 찼다.

# 뽀빠이

—

—

—

바 위에 세워둔 간이 메뉴 판을 읽는 데 한참이 걸렸다. 나는 외국인 관광객이었다. 포털 사이트에서 찾은 음식 사진만으로 주문을 하다 이미 두어 번 곤란한 경험을 한 뒤였기에, 느리더라도 영어 메뉴 판을 차분히 읽어 내려 노력하고 있었다. 바 위쪽 벽에 간판처럼 큰 글씨로 메뉴와 가격이 쓰여 있었지만, 바앞에는 나 말고도 많은 사람들이 주문을 하려 줄지어 서 있었다. 나는 차라리 한구석으로 비켜서 아무도 관심을 갖지 않는 작은 메뉴 판이라도 독차지하는 쪽을 택했다. 하지만 손바닥만 한 메뉴 판의 깨알 같은 글씨들을 읽어내는 것도 그리 쉬운 일만은 아니었다. 노안이 온 줄 모르고 안경을 쓰지 않은 중년처럼 미간에 잔뜩 주름이 잡힌 꼴이, 이케아 가구 조립 설명서를 읽는 문과 졸업생처럼 보였다고 해도 할 말은 없다. 하지만 홀

룡한 음식을 가지고 돌아가면 아내에게 칭찬받을 수 있다는 믿음이 내 집중력에 지구력을 더해주었다.

"헤이! 포파이! 포파이!"

누군가 계속 그렇게 소리치고 있었지만 나는 집중력을 잃지 않고 메뉴를 해독해 나갔다. 홀은 사람들로 가득했고, 그들이 한 마디씩만 보태도 웬만한 콘서트 장은 저리 가라 할 만큼 시끌시끌해졌으니까. 일행끼리 서로를 찾기 위해 무대 위 아이돌을 부르듯 목소리를 높여도 그리 이상한 일이 아니었다. 더군다나 가게를 찾은 손님들 중 절반 이상이 외국인 관광객들인지라, 각각 다른 발음의 영어를 쓰는 그들과 점원들은 보청기를 잃어버린 노인 대하듯 서로를 대했다. 나 역시 주문을 하려면 이어폰을 낀 사람에게 길을 물을 때처럼 말해야 했음은 물론이다.

"헤이! 포파이!"

하지만 그 목소리는 끈덕지게 들려왔고, 결국 내 독해를 방해하는데 성공했다. 불현듯 입고 있던 맨투맨에 그려져 있는 '뽀빠이'가 떠올랐던 것이다. 고개를 돌리자 주방에서 누군가 내게 아는 체를 했다. 금발 머리를 짧게 깎은 대신 수염을 멋들어지게 기른 남자가 손에 칼이 들려있는 것도 잊었는지 열심히 손을 흔들어댔다. 꾀죄죄한 조리복에는 벌겋고 누런 소스들이 잔뚝 묻어 있었지만 애초에 그런 데 신경 쓸 타입 같아 보이지 않았다. 내가 손을 들어 인사를 하자 그는 손에 쥔 게 칼이 아니라 솜사탕이라도 되는 것 마냥 펄쩍 뛰며 좋아했다.

"헤헤이!"

같이 일을 하고 있던 단발머리 여자가 한숨 쉬며 그에게 잔소리를 했는데, 나는 그게 무슨 말인지 알아들을 수 없었고, 그는 들어먹지를 않았다. 고개를 절레절레 흔드는 그녀의 눈치를 살피며 그가 내게 윙크를 하는 동안 그의 손에 들려있던 칼은 미뤄뒀던 야채 채썰기를 하느라 신나게 춤을 추었다. 며칠 전 싸게 주고 산 맨투맨이 뭐라고 저리도 좋아할까 싶어 나는 윙크에 대한 답으로 엄지를 치켜세워 주었다. 그는 좋아서 또다시 펄쩍 뛰며 엄지를 세웠는데, 나는 그의 엄지가 무사히 붙어 있음을 다행으로 생각했다.

그쯤 되자 그의 곁에서 뭔가를 불에 볶고 있던 덩치 좋은 남자, 아니 주방에 있던 다른 모든 직원들이 그에게 잔소리를 해댔다. 그렇게 한바탕 소동이 있고 나서야 그는 내 맨투맨에 그려진 '뽀빠이'를 잊을 수 있었다. 바에 서서 함께 그 소동을 지켜본 홀 직원들이 내 눈치를 살폈는데, 나는 그중 눈이 마주친 키 작은 여자에게 어깨를 으쓱해 보이고는 메뉴를 추천해 달라고 했다. 그녀는 망설임 없이 문어요리를 가리켰다. 혼자 애써 골라보려 했던 게 무안할 만큼 빠른 추천이었다. 나는 그녀의 말

대로 문어요리를 손에 들고 아내에게 돌아왔고, 얼마간 칭찬에
기분 좋아져 히죽댈 수 있었다.

# 두 사 람

—

—

—

서로의 손이 닿지 않을 만큼 너른 테이블을 사이에 두고 두 남자는 마주 앉아 있었다. 하지만 와인병을 집어 서로의 잔을 채워주기에는 충분한 거리였다. 둘 사이에는 레드 와인 한 병과 두 병의 탄산수, 그리고 생 햄과 살라미로 채워진 나무 도마가 놓여 있었다. 그들과 나 사이에는 낮지만 긴 화분이 가로 놓여 있었기 때문에 각각의 탄산수가 얼마 만큼씩 남아 있는지는 보이지 않았으나, 와인 잔만큼은 약속이라도 한 듯 언제나 비슷한 양의 와인이 채워져 있는 걸 볼 수 있었다. 두 사람은 오랜 시간을 들여 와인병을 비워나갔다. 마시는 시간보다는 이야기를 나누는 시간이, 이야기를 나누는 시간보다는 생각에 빠져 있는 시간이 길었기 때문이었다. 때때로 얼굴을 마주 보고 웃을 때를 제외하곤, 그들은 대부분의 시간을 각자 보냈다.

둘의 연배는 비슷해 보였으나, 머리가 벗어진 건 한 명뿐이었다. 다른 한 명은 머리를 짧게 잘랐을 뿐 숱은 여전히 많았다. 곰팡이처럼 빠르게 퍼져버렸을 흰머리가 그의 머리를 잿빛으로 물들이고 있었다. 그래서인지 촌스러운 그의 나일론 블루종이 자리를 잘못 잡은 퍼즐 조각처럼 어색해 보였다. 테이블에 기대 앉은 탓에 그의 목이 더욱 굽어 보였다. 민머리 남자 역시 테이블에 기대 한 손으로 턱을 괴고 있었는데, 블랙진과 깃 세운 검정 재킷이 그를 좀 더 활력 있어 보이게 했다. 하지만 그 활력도 안경이 콧등을 타고 흘러내리는 걸 막을 순 없었다. 그는 수시로 안경을 고쳐 쓰곤 했다.

다시 한번 고쳐 쓴 안경 너머로 그가 차분히 주변을 둘러보았다. 곧 그는 서로의 와인 잔이 비었음을 눈치챘고, 저울로 잰 듯 같은 양의 와인을 각각의 잔에 채워 넣었다. 두 사람은 오랜만에 함께 웃었다. 나는 잊고 있던 내 잔을 들어 와인을 비워냈다. 그새 두 사람은 언제 함께 웃었냐는 듯 다시 각자의 시간을 보내고 있었다. 그들은 언제라도 서로의 잔을 채워줄 수 있는 거리에 마주 앉아 있었다.

# 프 리 지 아

—

—

—

아내에게 꽃을 안겨주고 싶었다. 노란 프리지아. 노란 프리지아를 보면 그녀가 생각났고, 그녀를 보면 노란 프리지아를 안겨주고 싶었다.

우리는 광장의 벤치에 앉아 있었다. 얇은 스테인리스 봉을 잇대어 만든 벤치였는데, 날씨가 좋아 다리에 와닿는 느낌이 썩 나쁘지 않았다. 벤치 옆으로 늘어선 가로수들이 머리맡까지 가지를 길게 드리워 그늘을 만들어내고 있었다. 따스하고 건조한 바람이 귓가에서 바스락거렸다. 이파리들이 지난겨울의 허물을 막 벗어낸 참이었다. 광장에는 많은 사람들이 나와 있었다. 분수대를 배경으로 기념사진을 찍는 관광객들의 몸짓이 풀린 날씨만큼이나 가벼워 보였다. 그 사이를 집시로 보이는 여자 하나가 서툰 호객행위를 하며 오갔다. 우리가 앉아 있는 벤치는 시야가 트여있어, 너른 광장에서 벌어지는 일들을 한눈에 볼 수 있었다. 분수에서 쏘아 올려진 물줄기가 파란 하늘을 배경으로 하얗게 부서져 내렸고, 흰 대리석 조각들로 모자이크 한 광장의 바닥은 햇살을 받아 염밭 소금 결정처럼 빛났다.

아내의 기분이 좋다는 걸 그녀의 입꼬리만 보고도 알 수 있었다. 그녀를 처음 만났던 날에도, 나는 그녀의 입꼬리를 보고 그걸 알 수 있었다. 그녀를 보고 노란 프리지아가 생각나는 건 어쩌면 봄이 오는 것만큼이나 당연했다. 광장 입구에 노점이 하나 있었다. 얇은 알루미늄 패널을 잇대어 만든 작은 노점이었다. 그곳에는 가로수가 없어 햇살을 고스란히 받은 패널이 은빛으로 반짝거렸다. 나는 미리 봐두어 그곳이 꽃집이란 걸 알고 있었고, 아내에게 말없이 조용히 자리에서 일어났다. 그런 나를 아내 역시 말없이 지켜보았다. 아내가 이미 눈치챘다는 걸 알고 있었지만, 나는 모르는 척 노점으로 향했다.

노점은 앞에 펴 둔 파라솔보다도 작았다. 파라솔이 봄바람에 흔들릴 때마다 노점까지 함께 위태로워 보였다. 파라솔은 노란색이었는데, 오랜 시간 동안 빛이 바래 내가 찾는 색보다는 허옇게 샌 주인 할머니의 머리색을 더 닮아 있었다. 그녀의 머리카락 역시 파라솔처럼 세월 따라 빛을 바래왔을 것이었다. 짙은 와인색 블라우스를 입어서인지 그녀의 흰머리가 유독 선명해 보였다. 노점에는 먼저 온 손님이 꽃을 고르고 있었고, 덕분에 나는 맘 편히 노점을 둘러볼 수 있었다. 대체로 선명한 원색 계열의 꽃들이 많았다. 그 꽃들은 꽃잎이 크고 모양도 화려했다.

노점에서 작은 건 허리가 구부정하게 굽어버린 주인 할머니밖에 없는 듯했다.

그녀가 내게 만개하면 파라솔만큼이나 커질 꽃들을 추천하기에, 난 그저 노란 프리지아를 찾고 있다고 말해주었다. 그녀는 반색하며 널빤지를 쌓아 만든 진열장 맨 밑단의 오른쪽 구석에서 그 꽃을 찾아주었다. 순백색의 프리지아였다. 나는 다시 그녀에게 노란 프리지아를 찾는다고 말해주었다. 하지만 그녀에겐 하얀 프리지아밖에 없었다. 그녀가 10유로에 재고를 몽땅 다 주겠다고 했다. 하지만 내게 그것들 각각은 장미와 튤립만큼이나 달랐다. 주인 할머니는 흰머리를 가로저으며 노점 안으로 들어가 버렸다. 큰 꽃들이 금세 그녀를 가려주었다.

아내는 여전히 기분이 좋아 보였다. 풀 죽은 나를 보고 무얼 했는지 묻기에, 꽃을 사러 갔던 얘기를 해주었다. 그녀의 입꼬리를 보고, 나는 그녀가 기분이 좋다는 걸 알 수 있었다. 나는 그녀에게 노란 프리지아를 안겨주고 싶었다.

# 낯선 곳

—

—

—

　골목에는 아직 지난밤이 남아 있었다. 바닥에서는 덜 마른 술 냄새가, 벽에서는 누른 오줌 냄새가 났다. 그것들이 만들어 낸 얼룩이 골목 가득한 그라피티에 명암을 드리웠다. 한낮의 기운은 몸을 잇댄 건물들의 지붕 위에 머물러 있었다. 우리의 마지막 숙소는 그 건물들 중 하나였다. 예정된 일정을 마치고 급하게 찾아낸 하루짜리 보금자리는 도박과도 같았고, 우버는 우리를 예상보다 좀 더 낯선 곳에 내려주었다. 숙소 주인이 안내를 끝내고 마지막으로 손에 쥐여준 것은 두 쌍의 귀마개였다. 우리가 알고 있던 포르투갈과는 분명 다른 곳이었다.

　이제 막 정오를 지났을 뿐인데 골목은 이미 술집들이 펴놓은 테이블과 의자들로 번잡했다. 그 위로 싸구려 만국기가 바스락거렸다. 흰 셔츠를 입은 종업원들이 턱수염을 배배 꼬며 잡담을 나눴다. 아내의 생각은 어떠한지 물어보진 않았지만, 나는 덜 마른 지린내와 얄궂은 스피커가 내는 기계음 사이에서 조금이라도 빨리 벗어나고 싶었다. 이 골목 끝에도 볕 잘 드는 광장은 있을 것이고, 그곳에는 잘 마른 빨래 같은 오후의 기운도 내려와 있을 것이었다.

조심스레 발을 내딛는데도 나무를 잇댄 숙소의 바닥은 끊임없이 비명을 질러댔다. 숙소를 나서고 나니, 차라리 복작거리는 골목이 좀 더 아늑하게 느껴질 정도였다. 숙소 앞에 서서 우리가 길을 찾는 동안 골목 깊숙한 곳에서 앳된 여자 넷이 걸어 나왔다. 턱수염 쓰다듬는데 정신이 팔려있던 종업원들의 눈이 일제히 그녀들을 좇는 게 느껴졌다. 그녀들 역시 그걸 아는 것 같았고, 또 익숙해 보였다. 그녀들 중 한 명은 흰 탱크톱을 입고 있었는데, 요동치는 젖가슴 위로 검붉은 유두가 봉긋하게 솟아 있었다. 나는 그녀와 눈이 마주쳤고, 그녀는 내게 미소 지었다. 다른 여자들도 하나같이 눈을 마주쳐왔다. 그녀들이라고 특별히 옷을 더 많이 걸친 건 아니었다.

나는 어서 빨리 이곳을 벗어나고 싶었다. 코너를 돌아 골목 밖으로 나가면, 그곳엔 한낮의 볕을 막는 지붕 같은 건 없을 것이었다. 그곳에 가면 나 역시 입고 있던 재킷을 벗어 들고 싶어질지도 모를 일이었다.

# 올 리 브 나 무

—

—

—

성 안 곳곳에는 올리브 나무들이 심어져 있었다. 몇 그루의 오렌지 나무들도 보였지만, 그것들은 대부분 올리브 나무였다. 하나같이 키가 크고 둘레가 두터워, 작은 묘목들만 봐왔던 나로서는 그 수령을 가늠조차 하기 어려웠다. 불꽃이 터지듯 무성히 뻗어 나온 잔가지 가지마다 연둣빛 이파리들이 살랑이며 바람을 탔다. 나는 성벽 위에 올라가서야 그것들을 손으로 만져볼 수 있었다. 봄볕이 성벽을 금빛으로 데우고 있었다.

시칠리아와 북아프리카에서 대량의 밀이 수입되기 시작하자 고대 로마인들은 자구책으로 올리브나무와 포도나무를 택했다. 일종의 고부가가치 사업이었던 셈이다. 나는 역사학자가 아니다. 그저 겉을 핥는 정도의 지식으로 소파에 누워 상상해 볼 뿐이다. 로마인들은 잡초가 무성한 산야를 올리브밭과 포도밭으로 가꿔나갔다. 처음엔 이탈리아 본토 농민들의 몰락을 막고자 권장한 사업이었을 테지만, 곧 유럽 전역이 로마의 지배하에 들어갔으니 이베리아반도에도 올리브밭과 포도밭이 늘어났을 것이다. 덕분에 지금의 이베리아반도 사람들은 양질의 올리브오일과 와인을 물보다 싼값에 구할 수 있다. 또한 그것들로 상품을 만들어 수익을 올리기도 한다.

물론 지금 내가 보고 있는 올리브 나무들은 로마인이 심은 것이 아니다. 하지만 그들의 첫 삽이, 그들이 심었던 올리브 묘목들이 만들어낸 결과물임은 틀림없다. 우리가 뭔가를 한다는 건 생각보다 중요한 일이다. 그 결과는 예상했던 대로 나타나기도 하지만, 올리브밭을 가꾼 로마인이 이천 년 뒤를 내다봤을 리 없는 것처럼 그것은 뜻밖의 결과를 가져오기도 한다. 그 결과가 촘촘하고 풍성한 가지를 뻗는 올리브 나무가 될 수도, 솎아내야 하는 뒤엉킨 잡초가 될 수도 있다. 여기서 중요한 건 무엇인가를 하지 않으면 나무도 잡초도 나올 수 없다는 것이다. 때론 나 역시 믿지 못할 때도 있지만, 집 소파에 누워 한나절 동안 tv만 보는 것 또한 포르투갈에 와 글을 쓰는 것만큼이나 중요할 수 있다.

나는 1년 전쯤 뭔가를 한다는 것에 대해 시간을 들여 생각했었다. 술을 마시거나, 커피를 마시는. 대화를 하거나, 책을 읽는. 운동을 하거나, 잠을 자는. 걷거나, 가만히 있는. 그런 것들에 대해 마음을 썼었다. 그림을 그려야지 생각했었다. 나 역시 뭔가를 하려 했었다.

한국으로 돌아가면 다시 그것들에 대해 생각해 보려 한다. 올해에도 올리브는 수확될 것이다. 누군가는 분명 그것을 할 것이다. 뭔가를 한다는 것은 봄바람이 불어오는 것처럼 당연해 보이지만, 우리가 마음을 쓰지 않으면 그런 일은 일어나지 않는다. 지금도 창밖에선 키가 큰 올리브 나무들이 봄바람에 사부작거리고 있다. 해야 한다.

# 아 이 리 시

—

—

—

소 두 마리가 비스듬히 배를 깔고 앉아 풀을 뜯고 있었다. 숯처럼 검은 소와 우유에 만 오트밀처럼 얼룩이 진 소였다. 짧고 빼곡한 풀밭에는 노란 들꽃들이 돋아나 있었다. 그 뒤로 농한기의 빈 땅이 수풀 사이사이로 맨몸을 드러냈다. 감나무만 오렌지나무로 바뀌었을 뿐, 한국의 촌락과 크게 다르지 않은 풍경들이 열차 차창 밖으로 이어졌다. 물론 레몬 나무도 심심찮게 보였지만, 그것들 역시 별다른 이질감을 주진 못했다. 선로 근처에 버려진 건물들이 간간이 눈에 띄었다. 오래전 기차가 지금처럼 빠르지 않던 시절의 잔해들이었다. 그 주위로 마른 갈대숲이 바람에 흔들거렸다. 개천 주변 개활지는 주인 없는 올리브나무들의 차지였다. 마을 공터에는 노인들이 텃밭을 가꿨고, 버려진 드럼통에는 누군가 잡쓰레기들을 모아 불을 놓아두었다. 기차가 서

아이리시

지 않는 작은 역들은 이제 누군가의 캔버스가 되어 있었다. 나는 등받이에 머리를 기대고 앉아 그것들을 바라보았다. 열차의 진동에서 선로의 굴곡들이 고스란히 전해졌다.

내 앞 좌석에는 '아이리시'가 앉아 있었다. 아내와 나는 순방향 좌석에 앉아 있었는데, 우리 앞 좌석부터는 역방향 좌석이라 그는 우리와 마주 보고 앉아 있었다. 내 앞에는 '아이리시'가, 그 옆에는 안경을 쓴 그의 친구가 앉아 있었고, 통로 건너 좌석에는 그들의 일행 네 명이 앉아 있었다. 그들은 그를 '아이리시'라고 불렀다. 그중 누가 '아이리시'일지 눈치채는 건 그리 어렵지 않았다. 그의 모자에는 클로버가 수놓아져 있었고, 무엇보다 클로버 밑에 'IRELAND'라고 적혀있었다. 친구들은 과자를 건넬 때나 여행정보를 주고받을 때마다 그를 '아이리시'라고 불렀다. 하지만 그의 악센트는 아일랜드 사람이라고 하기엔 더없이 매끄러웠다. 그와 비슷한 악센트를 쓰는 친구 하나가 영어 발음이 어색한 다른 두 명에게 그는 '아이리시'라고 불리지만 '아이리시'는 아니라고 말해 주었다. 하지만 그 둘은 아랑곳 않고 '아이리시'를 찾아 과자를 건넸고, '아이리시'를 찾아 여행정보를 물었다.

그것이 귀찮았던 것인지 '아이리시'는 모자를 얼굴까지 덮어 쓰고 한참 동안 일어나지 않았다. 팔짱을 낀 채 잠든 그의 손에서 안경이 바닥으로 떨어졌지만 누구도 주워주지 않았다. 그는 그렇게 한참을 더 잠에 빠져 있었다. 힘없이 늘어진 '아이리시'의 팔다리가 가늘고 길었다. 포르투가 가까워지자 그는 잠에서

깨 면 티 위에 떨어진 과자 부스러기들을 털어냈다. 후줄근한 면 티 아래로 그의 볼록한 뱃살이 드러났다. 생지 청바지는 오랫동안 빨지 못한 게 틀림없었다. 기념품 숍에서 샀을 그 아일랜드 모자도 마찬가지였다. 나는 그에게 안경이 떨어졌다 말했고, 그는 얼굴을 붉히며 그것을 주웠다. 쑥스러웠던 건지, 그는 재빨리 모자를 고쳐 쓰고 먼 창밖만을 바라보았다.

창밖에는 도오루 강이 흐르고 있었다. 협곡이 깊고, 유속이 빠른데 비해 강의 폭이 넓었다. 철교들이 멀리서도 눈에 띌 만큼 규모가 컸다. 그 아래에서 형광색 운동복을 입은 남자가 카약을 타고 있었다. 열차가 완만한 곡선을 그리며 철교 위로 나아갔다. 카약을 타는 남자는 더 이상 보이지 않았고, 시야에는 빼곡한 건물들이 가득 들어찼다. 승무원이 방송으로 곧 포르투에 도착한다고 알려왔다. '아이리시'가 짐을 꺼내기 위해 자리에서 일어났다. 그의 친구들이 다시 호들갑을 떨며 그를 찾아댔다.

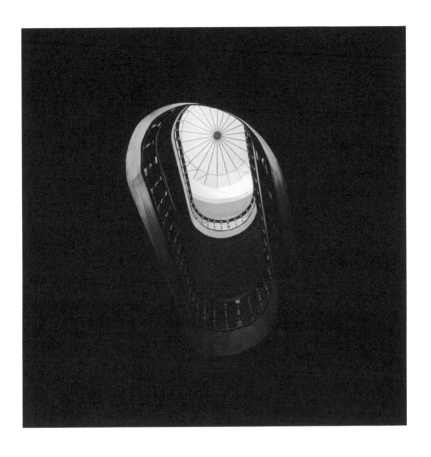

# 행복한 사람

—

—

—

나는 그에 대해 아는 것이 없다. 단지 그가 무척이나 행복해 보였을 뿐이다. 하긴, 그날 오후 타구스 강가에서 행복해 보이지 않은 사람은 단 한 명도 없었다. 돌담 위 연인들은 너나 할 거 없이 입술을 포개고 있었고, 아이들은 비눗방울을 쫓느라 겅중겅중 뛰어다녔다. 심지어 마리화나를 파는 부랑자들도 한데 모여 이야기 '꽃'을 피우고 있었다. 지울 수 없는 타투처럼 그들을 쫓아다녔을 칙칙한 얼굴의 그늘도, 오렌지빛 햇살 아래에서는 힘을 쓰지 못했다. 전능하신 조물주가 있다면, 그곳에 있는 모두에게 새로운 삶을 선사하고 있었는지도 모른다. 세례가 필요하다면 당장에 뛰어들 강도 있지 않은가.

나와 아내는 모래사장과 맞닿은 대리석 계단에 엉덩이를 깔고 앉았다. 이미 많은 이들이 층층이 자리 잡고 앉아 서로에게 몸을 기대고 있었다. 계단은 층고가 낮아 작은 배가 만들어 낸 얕은 너울조차도 쉽게 타고 올랐다. 하지만 발을 적신 사람도, 적시지 않은 사람도 면면 가득 웃음만을 머금을 뿐이었다. 아내가 몸을 기대왔고, 내 어깨에 기댄 그녀의 머리에 나 역시 머리를 맞대었다. 그리고 그리 멀지 않은 곳에 그가 누워있었다. 마치 저녁 만찬을 즐기는 로마인처럼 계단에 팔을 괴고 비스듬히 누워 강에 드리운 윤슬을 눈으로 좇고 있었다. 그는 민머리였는데, 상의까지 벗고 있어 짙게 그을린 피부가 여과 없이 드러나 보였다. 검붉은 반점들이 그의 몸 곳곳에 퍼져있었다. 앙상하게 드러난 팔과 갈비뼈를 덮고 있는 거죽이 태양광 패널이라고 된 다는 듯, 그는 등을 올곧게 펴고 가슴을 내밀어 볕을 한껏 그러모았다.

언제까지 그러고 있었을까, 잠시 한 눈을 판 내가 다시 그를 보았을 때는 이미 겨드랑이 사이에 돌돌 말아 두었던 보라색 민소매티를 내어 입은 뒤였다. 늘어지고 헤진 티는 그의 검붉은 반점들을 가려주지 못했다. 그는 비스듬히 기댔던 곳에 몸을 마저 깔고 누워있었다. 눈은 감고 있었지만, 여전히 저 윤슬 너머 어딘가를 바라보고 있는 것만 같았다. 내리쬐는 볕이 그의 몸에 새로운 반점들을 만들어 낼 것이었다. 나는 왜인지 그가 미소 짓고 있다고 생각했다.

아들이 찍은 사진을 보면
마음이 편안해진다는 엄마에게.

# Epilogue

—

—

—

히어로물의 히어로가 아니라면 날 때부터 존재의 의미를 지니고 태어나는 이는 없을 것입니다. 우리가 때때로 지금의 기억을 가지고 과거로 돌아가 새로운 시작을 하고 싶다고 말하지만, 정작 그럴 수 없는 것과 같은 맥락의 이야기죠. 조금 다른 거 같지만 정말 그렇습니다. 누구나 백지의 상태에서 태어나 저마다의 것들로 채워간다는 뜻이니까요. 심지어 요즘은 히어로들조차도 사연 없는 이가 없을 정도죠. 모태 히어로는 없습니다. 저마다의 갈등을 통해 자신의 능력에 의미를 부여합니다. 손등에서 칼날이 솟는 울버린, 외계에서 와 초능력이 있는 슈퍼맨, 집이 부자인 아이언맨과 배트맨, 그리고 우리. 분명 공평해 보이진 않지만, 스스로 자기 존재의 의미를 찾아야 한다는 점에서 보면 결국은 모두 빈 도화지를 받았다는 게 틀림없어 보이네요.

그럼에도 우린 가지지 못한 것들에 대한 욕심들로 눈이 멀어 그 사실을 보지 못할 때가 많습니다. 히어로들의 초능력까진 아니더라도, 당장 미련이 남은 어제의 선택과 미처 오지 않은 내일의 불확실함에 정신이 팔려있을 때가 많죠. 하지만 어제 먹은 자장면이 뱃속에서 짬뽕이 될 순 없으며, 내일 퇴근길에 갑자기 내릴 소나기를 기상청이 예고해 주는 일은 없을 겁니다. 그래요, 두 번째 경우는 정말 그렇습니다. 당장 지금 창밖의 날씨도 일기예보와는 다른걸요. 그렇다고 매일 매 순간 장화를 신고, 우산을 들고 다닐 건가요? 우리가 가진 것이라곤 현재 밖에 없습니다. 다행스럽게도 말입니다. 나라는 도화지를 채워낼 붓은 현재의 내 손에만 들려져 있죠.

이 책은 여행 에세이이기에 앞서 제 일기장이기도 합니다. 여기 적혀있는 일들이 제가 여행을 하며 겪은 일들이기도 하지만, 매일의 일상 속에 있었던 일들이라는 말과 같죠. 지금은 과거가 되었을지 몰라도 당시만 해도 제가 당면한 팔딱거리는 현재였음이 틀림없습니다. 그렇게 생각합니다. 이렇게 살다 보면 언젠가는 제 나름의 존재 의미를 깨닫는 날이 올 것이라고. 어벤저스가 되어 지구를 지키는 날은 오지 않겠지만, 제 나름의 삶을 살아내는 날이 올 것이라고 믿죠. 하루하루를 그저 꾸역꾸역 삼켜내는 것 같지만, 우리도 모르는 사이 우리는 저마다의 현재를 살아가고 있습니다. 스스로의 도화지를 마주 보세요. 마주한 처음 겪는 오늘을 살아가세요.

2019년 7월

**Midnight Diary**   **Portugal**
몽중일기          포르투갈

초판 1쇄 인쇄 2022년 12월 12일
초판 1쇄 발행 2022년 12월 23일

**지은이** 박보현
**기획/편집** 다이하드커피클럽
**디자인** 성지나

**펴낸곳** 다이하드커피클럽
**주소** 부산광역시 수영구 수영로666번길 60, 2층
**메일** book@diehardcoffeeclub.com

ISBN 979-11-977943-2-2
ISBN 979-11-977943-1-5 (세트)